生活，如此而已

任晓雯 著

译林出版社

图书在版编目（CIP）数据

生活，如此而已 / 任晓雯著. —南京：译林出版社，2021.4
ISBN 978-7-5447-8600-3

Ⅰ. ①生… Ⅱ. ①任… Ⅲ. ①长篇小说－中国－当代
Ⅳ. ①I247.5

中国版本图书馆CIP数据核字（2021）第036756号

生活，如此而已　任晓雯 / 著

责任编辑　黄文娟
装帧设计　周伟伟
校　　对　孙玉兰
责任印制　单　莉

出版发行　译林出版社
地　　址　南京市湖南路1号A楼
邮　　箱　yilin@yilin.com
网　　址　www.yilin.com
市场热线　025-86633278
排　　版　南京展望文化发展有限公司
印　　刷　苏州市越洋印刷有限公司
开　　本　850毫米 ×1168毫米 1/32
印　　张　6.625
插　　页　2
版　　次　2021年4月第1版
印　　次　2021年4月第1次印刷
书　　号　ISBN 978-7-5447-8600-3
定　　价　42.00元

上篇

1

蒋书这一辈儿，名字起得风雅。堂姐蒋琴，堂哥蒋棋，还有一个堂弟，叫蒋英俊。蒋书懂事时，记得妈妈说："叫'书'不好，书——输，手气都没了。"蒋伟明道："女孩子的名字，就该文文气气。"

母亲姓林名卿霞。小学生蒋书向同学介绍："这是我妈，林卿霞。"同学嘻哈道："你妈好漂亮，怪不得叫林青霞。"蒋书笑笑，不辩解。

傍晚时分，麻将搭子们在楼下中药铺门口，一声声喊："林卿霞在吗？"知道她在，偏要搞出动静，惹得邻近窗口纷纷探头。"快上来。"林卿霞滤掉残汤剩油，将碗筷堆进搪瓷面盆。铺好绒毯，倒出麻将牌。

木梯咯吱作响。搭子们上来了，拎着瓜子水果。有时三个人，有时五六个。交替打牌、围观、“飞苍蝇”。林卿霞不停地嗑瓜子，嘴边一圈红红火气。

婆婆张荣梅提起嗓门：“伟明，你老婆不洗碗。”

蒋伟明抖动报纸，扔出一句：“快洗碗。”

“烦死了，会洗的。”

蒋书放下铅笔，默默出去。他们以为她到过道小便——痰盂放在过道上，遮一挂麻布帘子。她穿过过道，上晒台把碗洗了。

八点多，蒋书收起作业睡觉。床铺是两条木板凳，架一张修修补补的棕绷。躺在床上，看见窗外梧桐树。蒋书最早的人生记忆，是林卿霞拎起四岁的她，指着窗外说：“梧桐。”梧桐根边钻出褐色菌冠，指甲盖大小，密匝匝堆着。林卿霞说，看见出菌，就是黄梅天了。梧桐叶间有麻雀和蝉，冬风吹起时，它们叫声凋零。只有窗内的密胺麻将牌，不分四季，哗啦作响。每次捋牌大叫“和了”时，林卿霞鼻梁笑皱起来。

后半夜，蒋书被日光灯刺醒。麻将在继续，换下场的牌友钻入被窝，双脚搭在她身上取暖。窗外，有人骑轮胎漏气的自行车，咔嚓咔嚓，仿佛行进在空阔无边之中。梧桐枝条受了惊惶，喧哗翻涌。张荣梅也醒了，连声咒骂。一口令人费解的苏北话，犹如沸水在煤球炉上持续作声。

林卿霞说，苏北话是低等话，不需要懂。不打牌的日子，她倚在邻居方阿姨家门口，织着毛线，模仿张荣梅的“低等话”：“苏北老太凶什么凶。我娘家也是体面人，十岁的时候，就用上四环素了。嫁到蒋家没享过福。我的同事严丽妹，你见过吧，满嘴耙牙那个，老公做生意发了，光是金戒指，就送她五六个。我命这么苦……”

林卿霞不像命苦的样子。圆润的脸蛋，用可蒙雪花膏擦得喷香；头发烫成方便面，骑自行车时，飘扬如旗帜；为了保持身材，她将肉丝挑给女儿，还按住腹部，拍啊拍的，“我从前体形好得很，生完你以后，这块肉再也去不掉”。还说，“姑娘时是金奶子，过了门是银奶子，生过小孩是铜奶子。”在公共浴室，蒋书观察那对奶子，垂垂如泪滴，乳晕大而脏。她羞愧起来，仿佛亏欠林卿霞太多。

林卿霞穿针织开衫和氨纶踏脚裤。有双奶白中跟喜喜底牛皮船鞋，周日蹲在门口，刷得闪亮。张荣梅的灰眼珠子，跟着转来转去。林卿霞故意穿上牛皮鞋，踩得柚木地板喳喳响。她逛服装店，试穿很多衣服，一件不买地出来。她议论严丽妹：“瞧那屁股，挂到膝盖窝了。再好的衣服，都给严胖子糟蹋了。”

严丽妹是开行车的。下巴层层叠叠，堆在工作服领口上。行车形似小车厢，悬在车间顶部滑轨上。同事在地面用喇叭指挥，她控制抓斗，抓起钢卷，挪到车间另一端。

严丽妹带蒋书玩。行车里暖烘烘，玻璃干净得仿佛不存在。

操作台下，堆着拖鞋、饼干听、绒线篮子。严丽妹用奶糖和山楂卷，塞满蒋书的口袋。

机器轰鸣，工人都是大嗓门。一色蓝衣蓝裤，变得小小的，散在钢卷之间。角落里火光迸现。严丽妹说，那是在焊铁，看久了眼睛会瞎。蒋书移开视线，发现林卿霞，在车间后部空地，和两个男同事说话。其中一个抢掉她的工作帽，她扭身和他嬉闹。蒋书坐回板凳上，抠剥指甲边缘的死皮。严丽妹问："怎么不看外面啦？头晕吗？"蒋书点点头。"乖孩子，晚上给你带日本水果糖。"

严丽妹下了班，吃过晚饭，找林卿霞打牌。身穿黑大衣，移动过来，仿佛一堵墙。蒋书和她拥抱，感觉被棉花堆似的胸脯托举起来。严丽妹身上有黄酒、樟脑丸和海鸥洗发膏的味道。两只油亮的镯子，在腕上叮当碰撞。她将水果糖偷偷塞给蒋书。

严丽妹在家喝过泡了黑枣枸杞的黄酒，脸膛红红发光。"我在吃海参。范国强认识一个大连老板娘，做海鲜生意的，每天吃海参，四十多了没一根皱纹。"牌友夸她大衣好看。她说："范国强在香港买的，纯羊绒，国际名牌。"

是夜，林卿霞连连输牌。"都怪你，什么不好叫，偏叫'书'，害我'输'得惨。"

严丽妹说："书书多乖。自己运气不好，谁都怪不到。"

林卿霞再也无法忍受。熬到星期天，让蒋书陪去香港路爱建公司，买下一块最好的羊绒料。她将它摊在床上，欣赏抚摸。“我这一辈子，从没穿过这么好的料，得找个最好的裁缝，款式要比严丽妹那件漂亮，”在大橱镜前比画，“可以做成长摆的，腰部收紧一点，穿的时候，头发披下来。”

为搭配想象中的大衣，林卿霞买来宝蓝塑料发箍、橘色绒线手套、玫红尼龙围巾。“黑大衣太素了，里头要穿鲜艳颜色。”她挑选七彩夹花马海毛，动手织一件蝙蝠衫。

冬天犹如刮风似的过去，脚趾缝里的冻疮开始作痒。大衣没有做成，林卿霞还在编织蝙蝠衫。织着织着，毛衣针搔搔头皮，扯两句闲话。她说年轻时很多人追她。当年的追求者，有的当官了，有的发财了。“书书，各人各命。如果换个爹，你早就吃香喝辣了。”

这话或许是真的。顺着她的目光，蒋书看到窗外梧桐叶。新鲜出芽，金闪闪颤动，一枚一枚仿佛婴儿的手。她心里也冻疮一般痒起来。

2

在蒋书看来，同桌韩小兵，就是“吃香喝辣”的幸运儿。他常说：“我又收到台湾包裹了。你猜这回，我伯伯送了什么？”有时是新衣服，有时是歌曲磁带，还有印尼燕窝、瑞士巧克力、韩国高丽人参精……台湾居然有蛋黄馅月饼。蒋书只知五仁馅和豆沙馅。韩小兵给蒋书尝了半口蛋黄月饼，还把盒内附赠的卡片给她。卡片印着《静夜思》，冷月孤亭的淡彩画，一个古人衣袂飘飘，仰面背手，被月饼油渍沾糊了。蒋书将它夹进语文课本。

台湾伯伯来探亲，韩小兵请了三天假。回校以后，吹嘘伯伯送了一千美元，还有金戒指、金耳环、金项链。“瞧我的头发，亮不亮？昨晚用了台湾洗发精。他们不叫洗发精，叫洗发水。”蒋书摸扯他的头发，果真又黑又亮。她听林卿霞说过，购买金首饰，必须在银行排号。台湾伯伯送了那么多，得排多久的号呢？

蒋书梦见过台湾伯伯，短腿，圆头，前襟有只大口袋，不停掏出饼干、糖果、奶油蛋糕……最后掏出铅笔盒：“想不想要？”蒋书欲说“想要”，张口哑然，急醒了。

韩小兵的米老鼠弹簧铅笔盒，海绵盖上一排按钮，依次按压，弹出放笔、放尺、放橡皮、放小纸条的暗盒。韩小兵用尺和圆规支起杠杆，借助暗盒，将橡皮弹向前排女生。老师没收铅笔盒，又还给他。蒋书的铁皮铅笔盒，是堂哥蒋棋用剩的，瘪了一角。盒面印着嫦娥，因为掉漆，没了大半张脸。

蒋书喜欢韩小兵的爸爸，那个声音洪亮的胖子，能将皮球一下砸进篮球框。熊俊妮的爸爸也不错，眼睛大大的，头发微卷。还有严敏的爸爸，每天中午来送饭，摇摇晃晃，走到儿子课桌前。严敏是全班最壮的男生，将骂他爸“瘸子”的同学打趴在地。

如果蒋伟明在附近上班，会不会每天送午饭？蒋伟明会的，但肯定缩在门口，招手让蒋书去拿。他永远耸着肩膀，看起来鬼鬼祟祟。即使在夏天，也系紧每粒衣纽，穿齐长裤和玻璃丝袜。他一身机油味儿，走路悄无声息，说话口气仿佛亏欠了别人。

3

一天下班，蒋伟明碰到前同事“野猫”，带着个小兄弟。野猫说：“最近怎样？小林还好吗？你也不请我吃饭。”蒋伟明邀他们来家中吃饭。

野猫吊儿郎当，还搞不正当男女关系，后来下海做个体户。蒋书六岁时，他来做过客，帮忙组装电视机。她叫他“小王叔叔”。野猫买了劣质显像管，电视画面常常倾斜，不时翻出一屏雪花。他捏起蒋书的腮帮，挤成各种形状，还喷她一脸烟臭。

三年后，几乎认不出“小王叔叔”。肥肉在他皮带上，水袋似的滚动。右手中指一枚大方戒，戒面刻着“王强之印”。他逮住蒋书，将戒面戳在她胳膊上。霎时变白，旋即转红，仿佛盖了一方图章。“书书长大啦。”算是见面礼。又介绍小兄弟：“这是钱家兴叔叔，你叫他‘一只耳叔叔’好啦。”

钱家兴笑道：“小胖妞，好奇我的耳朵吗？来，摸一下。”凑到蒋书面前。蒋书“啊”地躲开。

“耳朵怎么啦？”林卿霞替女儿摸了摸。

“睡觉不留神，被老鼠啃了。”钱家兴逮住蒋书的手，放到左耳上。那耳残了半截，又凉又薄，像一张馄饨皮。

林卿霞“嘶”了一声。

野猫招呼道：“小林，你一点没变，还这么好看。”

林卿霞瞥瞥他，绷起脸，双腿夹住裙摆，翻身靠到床头。

野猫扭头四顾：“你们家还这么破，”掏出一张票子，“小林，去买几瓶‘光明’啤酒。”

林卿霞白了一眼，发现是张十元钞票，起身接下，磨蹭地问：“几瓶啊？”

“十来瓶吧。”

林卿霞下楼去。

野猫对蒋伟明说：“你没把老婆调教好。”

蒋伟明讪笑。

那个夜晚，蒋书难以入睡，不停翻身。棕绷床的嘎吱声，被野猫嘶哑了的嗓门盖过。他描述自己生意如何了得。蒋伟明三根指头搭住玻璃杯，听至妙处，小眼睛陡然有神：“小王，太了不起了，真羡慕你。”钱家兴缩着背，仿佛很冷的样子，啤酒沫在小胡子里闪光。林卿霞也倒了一浅底啤酒，慢慢啜饮。她盯住野猫的手。那手的食指和无名指，将大方戒拨弄得团团转。

“家兴也很棒，”野猫瞄瞄林卿霞，“家兴准备单干了。”

林卿霞错开目光，捻起一粒炸花生米。“是吗，钱老板好厉害。”

"厉害吗?"钱家兴挠挠耳朵。

林卿霞盯着他的耳朵。

钱家兴说:"这耳朵,是'文革'中被人用钳子钳的。"

"'文革'的时候,蒋家也倒霉,"林卿霞说,"三套家传房子被搞掉。跟伟明说多少次,去打官司,把房子要回来,兄弟几个分分,也是一笔财富。"

蒋伟明说:"房产证早烧了。"

野猫说:"打官司没用。法院是人开的,法律是人定的。"

钱家兴说:"就是,那帮造反派头子,现在照样有权有势,什么供销科长、生产科长……"

屋里静了静。林卿霞侧过脸,在窗玻璃倒影中,与野猫对视一眼。

野猫说:"世道一变一个样。无产阶级也挺好,天不怕地不怕。伟明跟我们做生意吧。"

"不可以!"林卿霞叫起来。

野猫不理会她:"这个星期天,跟着家兴,到滁州进些鱼,进些螃蟹,垫上麸皮,扎好竹筐,下火车拉去集贸市场,直接就开卖了,摊位费都不用付。"

蒋伟明问:"鱼会死掉吗?"

野猫瞥他一眼:"你是男人吗?"

林卿霞扑哧一笑。

蒋伟明端起杯子，又放下：“你笑什么，我不觉得很好笑。”

“笑笑怎么啦，不理你们。”林卿霞出门小便。

“伟明，你要做生意，”野猫说，“小林长得太好看，心思又活络。”

蒋伟明蜷起手指，又倏然绷直，指肚来回摩擦桌面。

林卿霞归来，看看众人：“怎么了？说我什么坏话？”

野猫道：“我们在说，你打麻将手气不行。”

林卿霞道：“放屁，我手气好得很。不信你一起来打。”

野猫道：“好，来就来。”

蒋伟明像是没有听见。镜片不反光的角度，他眼珠呈灰色，微微凸起。眼皮醺红着，一点一点往下压。

“老蒋醉了。”钱家兴说。

翌日，野猫来打麻将，带个小跟班，在旁默默点烟送水。

林卿霞介绍：“王老板做服装生意，上海滩数一数二的，以后你们买丝袜找他。”

同事纷纷握手。

一个说：“大老板跟我们平民百姓搓小麻将呀。”

“大麻将我也搓，放一炮一万，会计在旁边点钞票。大有大的爽，小有小的乐。”

林卿霞说：“谁信。”

“没见过世面。”

“呸。”

野猫拉开腰包拉链，掷出一沓人民币。“让你见见世面。”

林卿霞拍他一下。“钱多砸死人呀？快收好，铺毯子打牌了。”

半夜，张荣梅翻身起床，拖着小脚过来，一胳膊捋乱麻将牌。林卿霞推她。她缩到五斗橱边，嘤嘤呜呜。蒋伟明肠气雷动，呻吟一声，醒了。“你把我妈怎么啦？”

“老不死的，能把她怎么了。”

劝架的，捡牌的。

野猫掀起绒毯，“不早了，散了吧。改天去我家打”。

“死老太婆，怎么还不死啊，你去死啊，你去死啊，你……”

楼下被吵醒，晾衣叉“咚咚”往上捅。林卿霞猛踩两脚，作为回报。“哦，天哪，”她喊，“蒋伟明，你这个穷光蛋、窝囊废。我为啥嫁给你，真是瞎了眼。”

屋内霎时安静，众人不知该说什么。蒋伟明仰躺着，不出声。面色灰白，身体扁平，胡子新长出来，下巴犹如覆一层苔藓。看起来像是死了。

4

蒋伟明决定做生意。借了钱，贷了款，凑足四千元，在区工商局办好个体饮食业执照。林卿霞说：“敢动家里存款，我跟你拼命。”吵过几次，塑料面盆砸得咣咣响。蒋伟明卷起铺盖，住到新租店面去。

林卿霞告诉蒋书，卖鱼卖虾卖衣服，都叫“个体户”。蒋书觉得，“个体户”听着孤单单的。她喜欢热闹的词，比如“单位”和“家庭”。林卿霞还说，她有个同事的舅舅，从农村病退回上海，申请了个体户，在自己家开饭店。“那是七十年代，一月赚三千，乖乖。北京还来专车，接他去看国家领导人呢。后来说破产就破产，老板抓了，执照收了，落得在街上捡垃圾。啧啧，形势千变万化，你爸书呆子一个，不像人家野猫那么聪明，怎么有胆量做生意，”她瞥瞥女儿，“说了你也不懂。”

张荣梅也反对。她说儿子在搞资产阶级。搞了资产阶级，干部会来打人、砸家具，还会没收房子和钱。蒋书问是什么干部，答：“戴红袖章的干部。”蒋书想起车站维持秩序的老阿姨，臂缠红布，目露凶光。

“看吧，折腾，迟早出事。”张荣梅拖着小脚，挪过来，挪过去。她穿儿童保暖鞋，绛红腈纶呢鞋面，大脚趾部位已磨成灰白。那是蒋伟明买给女儿，蒋书穿不下了的。

张荣梅让蒋书教写字。五十年代大扫盲时，学会写“蒋”和“张”。她戴老花镜和袖套，弓在纸上，笔画抖抖地写：“毛主席”，用米糊粘在观音像旁。拜完观音，拜“毛主席”，念念有词数佛珠。

她说观音生前受地主欺负，升天后做菩萨，专门保佑穷人。

"一旦做了坏事，观音会知道。搞资产阶级就是做坏事。"蒋书听得打哈欠，不停地看窗外，期待楼下喊："林卿霞——"

然而，没有人来。牌局散伙了。林卿霞经常晚归，有时彻夜不回。她说在别处打麻将，还说赢钱了。给蒋书塞各种零食，蒋书藏进抽屉，被张荣梅翻出来扔掉。

"你妈在轧姘头，"张荣梅说，"换作早两年，就被枪毙了。"

蒋书不懂，什么叫"轧姘头"，也不知道，为何要枪毙。这些话突兀出来，让她透不过气。她不愿待在家。房间看起来逼仄，家具互相挨挤，积满灰尘。密沉沉的麻布窗帘，是去年冬天挂的，顾不及洗换。帘布上的熊猫呆头呆脑，身体的白色部分泛黄了。靠床的一只，被烟蒂烫了洞。它们不觉得痛，也不会孤独，徒劳抻开双臂，不知想拥抱什么。

蒋书对张荣梅说："班主任让我们留校自习。"每天放学，等值日生走完，换坐到后排靠窗。窗外是回字楼中庭，灰色水泥地，缀着七八个油漆红点——区里检阅广播操时，体育老师画的各班排头位置。红点日晒雨淋，褪成淡褐色，像经年不净的血迹。一个女人在收被子，堆得满头满脑。两个男生拎着铁皮饭盒，抽紧布袋口，垂到膝前，一步一撞地走。这些丁零当啷，逐渐远了。

思想品德课老师曾说，学校整幢楼，以前都是资本家的。资本家是敌人，所以被枪毙，老婆也自杀了。同学之间吵架，流行互骂“枪毙鬼”，还将指头捏成手枪状，“嘣”的一声，戳中对方太阳穴。蒋书常被韩小兵“枪毙”。黑乎乎的指甲刮得她疼。

子弹射穿脑袋，会是什么感觉？蒋书无法想象。过往的人和事，听起来不真实；即将展开的生活，又令她惶恐。她渴望静止在当下。麻将、报纸、佛珠。一日一日，周而复始。没有衰老、分离和死亡。她举起双手，搭成取景框，嘴里“咔嚓咔嚓”，慢慢横扫，摄取。她内心的一部分，永远停留在九岁的这个初夏。

5

一天，蒋伟明找到学校。“奶奶说你在上自习，书书真乖呀。”他在教室门口，东张西望，确定没有其他人，才走进来。他将礼物摊在课桌上。两盒话梅、五毛零用钱、一支针筒式自动铅笔。还有弹簧铅笔盒，盒面上的唐老鸭，身穿蓝色水手服。蒋书摸了摸，盒面里的海绵，轻柔地回应她。

“功课多吗？”蒋伟明镜片沾了污渍，显得目光模糊。

“多。”蒋书缩回手。

“学习好吗？”

“不好。”

“哦，那得认真做作业。你是在做作业吗？”

“做完了，我在画画。”蒋书盼望着，蒋伟明看看她的画。

蒋伟明沉默了。片刻，又问：“作业多吗？”

“多。”

“咦，问过了。”蒋伟明笑。

蒋书没有笑。

蒋伟明将食指探到镜片内侧擦拭，又取下整副眼镜，撩起衣角擦拭。“书书，想看爸爸的新店吗？走过去不远。”

蒋书“哦”了一声。

“那走，先吃饭。”

他们一前一后，出了镶有黄铜门钹的红木校门。蒋伟明背影陌生。他更瘦了，后脑勺仿佛蒙了霜，发色透出一点灰。暮风鼓起衬衫后襟，抚平油腻腻的皱褶。蒋书小跑几步，和他并排。

蒋伟明带女儿吃面，加一块酱排骨和半盆青菜。

“爸爸，你为啥不吃？”

“我吃不下，”又说，“我吃过了。”

从小馆子出来，天色荧然。云团沉在头顶，犹犹豫豫移动。蒋伟明的声音，像从远处传来。“还记得钱家兴吗？半拉耳朵那个。他单干了，老婆从厂里出来，和他一起开饭店，生意火得不得了，每月赚四千多呢……”

他们拐进弄堂。道路一次次分岔，越走越逼仄。月光里的物体时而清冷，时而森然。蒋伟明似在缓缓遁入黑暗。“爸爸。”蒋书伸手抓了个空。路灯倏然绽亮。“到了。”

二楼垂着一竿尿布，尿布随风击缠，底楼门楣显出来。“霞霞餐馆”，四个缩手缩脚的黑楷字，拓在白漆木牌上。第一个“霞”字略略歪斜，仿佛要倒向第二个“霞”。

“我写的字，怎么样？”

蒋书嗯了一声。

“我中学时候，毛笔字写得很好，现在手生了。”他打开一道折叠铁门，推开一道玻璃门。“刚刷完涂料，味道还很重。”他摸索电灯开关。“啪”的一声，蒋书眯了眯眼，看到满屋桌椅，一地尘屑。一只落地扇插立其间，怏怏歪着脑袋。

“我平时睡这儿，”蒋伟明指指地铺，“多久没回家了？一个月？”那是蒋书的旧棉被，被面短小，印着一只污渍斑斑的蓝精灵。

“幸亏‘文革’时进厂干过木匠。电路水路，自己画图纸，自己铺。刚刷完墙壁，回头买几个吊灯。”天花板裸着电灯泡，拖出几截红色电线，用黑胶布裹住。

蒋伟明拐进厨房。厨房窄窄一条，从主间隔离而出，木隔板糊着旧年历。一扇打开的冰箱门，照亮仅容二三人回旋的空间。

“这是冰箱。”蒋伟明道。

“嗯，我在韩小兵家见过。”

“前两天刚买的，敞着门，散散味道。”

“韩小兵说冰箱很贵的。”

“做生意得下本钱，很快能回来。钱家兴的夫妻老婆店，一月赚四五千呢。他很热心，传了我很多经验。”

蒋书偏过脸去。

“这是操作台，”蒋伟明顺她的目光，指向一条空荡荡的水泥板，“你三伯是厨师，答应下班过来帮忙。厨具也等他置备了。我还让豆豆来添手。豆豆你记得吧，替乡下姑奶奶哭丧那个。”

“粗辫子胖姐姐。”

“是。哭得挺响，没有眼泪。乡下女孩干活踏实。”蒋伟明伸手一推，冰箱门移动起来，“啪”地合拢。

灯光透入隔板空隙。雪白簇新的冰箱，静立于阴影之中。

蒋书问：“吃不完的菜，放冰箱会坏吗？”

“不会。”

“肉呢？”

“不会。”

“水果呢？”

“什么东西放进去，都不会坏。还能做冰块。”蒋伟明拉她到隔壁，按在椅子上。“现在你是顾客，我来服务，”他举起一手，犹如托着盘子，“小朋友，想吃什么呀？我们有包子、馄饨，还有盐汽水。”

“蛋饺有吗？”

“有。想吃什么，就有什么。”

蒋书笑了。她想起新年蛋饺，蛋皮抹了明亮的猪油，肉馅胀鼓鼓，在不锈钢圆勺里“嗞嗞”隔火烤。

蒋伟明从看不见的托盘上，端起看不见的食物，一一放到蒋书面前：“这是蛋饺，一份八个，菜包、肉包、小笼包。喜欢大馄饨还是小馄饨？嗯，你喜欢大馄饨。”

蒋书低下头，想象满桌莫须有的食物。

“书书，”蒋伟明放下莫须有的托盘，“爸爸停薪留职了。你知道停薪留职吗？”

“就是以后没饭吃了。”

“瞎讲。”

“奶奶说的，妈妈也这么说。”

一口痰在蒋伟明喉咙里打转。“咳咳，她们不懂，现在是做生意的世道，傻子都能赚钱。王强有啥了不起，钱家兴说他就是运气好。前几年开饭店、包台球房的，个个钞票数到手指抽筋。”

“我们呢？”

“我们也会发财，”蒋伟明顿了顿，“一定会的。到了那时候——”他放慢语速。

蒋书期待着。蒋伟明没再说下去。

屋内安静，冰箱制冷机嗡嗡不停。“书书，不早了，回去吧。”

的确不早了。天空蓝里透青，带一点烟灰。云团稀疏开来，凉风穿过头发，捶击蒋书的睡意。蒋伟明拉着蒋书的手。他掌心微潮，指头冰凉。他在弄口站住：“到了。”

“爸，一起回家。”

“书书，妈妈还好吗？”

蒋书抓住他的手：“爸爸，回家。”

“你妈怎么瞧我都不顺眼。新店开张后，你带她一起来，让她知道我的本事。我会赚很多钱，很多很多钱。”他掰开她的手，将礼物袋子塞给她。“书书别怕，你走，我看着你。”

蒋书往前走。弄底漆黑，塑料袋擦碰大腿。两只野猫声如婴泣，此起彼伏。一条狗狂暴地回应它们。有收音机声，有小夫妻拌嘴，有人在噩梦中嘘气。某个瞬间，所有响动骤停。蒋书回头。弄口灯下空无一人。月光拉长她的影子，拖出一段，折在墙上。她想喊“爸爸”，喊不出声。抹干眼泪，往黑暗深处走去。

6

蒋书的堂姐蒋琴即将高考，张荣梅住过去，照顾考生饮食起居。她配一把钥匙，用绒线穿起，挂在蒋书脖间。“记住，有陌生人敲门，千万别搭理。”

电视机彻底坏了。蒋书将几本《故事会》翻得滚瓜烂熟。折纸飞机，左右手互扔沙包，自己和自己下五子棋，在网格绘图纸上画画……每种游戏都使她备感孤独。她拿出崭新的弹簧铅笔盒，抚摸观赏，按几下键，听暗盒“啪啪”弹击，觉得心满意足。有时，她想象它用旧的样子。刚刚拥有，就担心失去了。

蒋书开始猛长个头。脚掌也变大了，必须微微侧斜，才能嵌入梯面。她在傍晚时分下楼梯。暑气疏淡，满街梧桐叶子的味道。它们熟透了，微微趋于腐朽。街边一溜纳凉人，动也不动。一个女人双脚搭住消防栓。胸腹隆起的两坨肉，将开襟睡裙的纽扣之间，绷出一格格空隙。蒋书想起严丽妹，想起生命中一去不复返的东西。她幻想着跑过马路，像狗一样，伏在胖女人躺椅把手上；还幻想女人直起身，给她一个汗津津的拥抱。

蒋书转一个弯，买些小零食。棉花糖、油凳子、金币巧克力。沿街中药铺，终年散发苦旧味道。穿白大褂的婆婆，将暗红小抽屉推进推出。中药堆在土黄油纸上，方正地裹成一包，用红塑料绳扎紧。“书书，你妈又在外头打麻将呀？”她隐隐透着得意，仿佛班干部抓住同学把柄，准备去告诉老师。

蒋伟明回来过一次。站在门口脱鞋，一脚踩住另一脚的鞋帮，脱去一只，又脱去一只。他走在地板上，趾甲长长的大脚趾，钻出尼龙袜破洞。他将一只西瓜放在桌上，想摸摸蒋书，却半途缩手，抻直被网兜勒红的指头。他来到电风扇前。按钮啪啪空响。他拍拍风扇脑袋，蹲下检查电线插头。

“早就坏掉了。”蒋书说。

蒋伟明一屁股跌在床沿上。他想泡个热水澡，剪干净趾甲，拿几件替换衣服。他腿上使劲，站不起来，于是弯下腰，将脑袋托进掌心。

“书书，暑假作业完成了吗？”

“没。”

“怎么不用新铅笔盒？”

“我放在抽屉里了。”

“不要舍不得，文具是拿来用的……妈妈好吗？”

蒋书不吱声。

蒋伟明眏眏眼睛。“爸爸睡会儿。”毯子拉了一半，就睡着了。蒋书替他拉好另一半，从地上捡起袜子，扔到门后脚盆里。

半夜，蒋书被闪电的哔哔撕裂声惊醒。窗帘犹如电影屏幕，整块透亮。她发现蒋伟明坐在床上，看着自己。“书书，你妈怎么没回来？”

“她在外面打麻将。”

“经常这样吗？”

雨檐上噼里啪啦。雷声稀落，空气微焦，有股汽车尾气般的味道。蒋书再次醒来，蒋伟明已经走了。桌上放着西瓜，门后脚盆扔着脏袜子。蒋书任由西瓜放着。那瓜渐渐软了一块，扩大开来，淌出红水。邻居方阿姨循着腐臭过来，帮她把瓜扔了。

7

“霞霞餐馆”终于开张。店面比蒋书印象中大，扎满彩色绢纸条。有几根脱落了，被风吹得贴住门框，嗞嗞颤抖。

三伯和三伯母，一边一个站着。林卿霞曾背地取笑他们“大饼油条”。瘦如油条的三伯蒋镇反在抽烟，胖若大饼的三伯母宋美琴叉住腰。墙角堆着鞭炮。

蒋镇反烟头一扔，用脚踩碾：“小林呢？”

豆豆说：“娘姨不肯来，说要睡觉。”

蒋伟明说：“可能身体不舒服。”

“小林最喜欢搭架子。”蒋镇反取一支大爆竹，放在空地中央。豆豆拉起蒋书，跑出一段，滚壮的食指塞住耳孔。楼上人家急急往里收衣服。一群小孩又跳又叫。宋美琴抓住围观老太：“阿姨，饭店开张，以后多来尝尝。”老太往后躲，摇头走开。

最后一只双响上天，太阳忽然出来。满地炮灰红屑，追风逐光，撒欢翻滚。蒋伟明笑了，告诉蒋书，这是个好兆头。

蒋书跟进店里。方桌都铺着蓝灰条纹油布，彼此挨连紧密。微尘在光柱里上下。墙面新新白白，贴着财神像和文稿纸誊写的菜单。青菜面，一毛二；大排面，一毛八；菜肉馄饨，二毛。

大家择椅而坐，看蒋伟明拖地。灰尘湿成一团团，随着拖把条，在地上移来移去。

宋美琴说：“这种事情，让豆豆来吧。”

豆豆说：“姨夫，我来。”仍坐着不动。

俄顷，钱家兴来了。蒋伟明扔了拖把，上去迎他。蒋书乍眼没认出。钱家兴的衬衫过于宽大，脑袋缩在领子里。一个爆炸头姑娘，挽着他的胳膊。

“开张大吉，”钱家兴瞅瞅蒋镇反，“你是伟明他哥，做大菜师傅那个吧？”给蒋伟明兄弟各塞一支“凤凰”烟。

“你是钱老板吧，伟明常提起，说你生意做得很大。”蒋镇反在各个口袋乱摸，掏出火柴，给钱家兴点上，又给蒋伟明点上。蒋书第一次见父亲抽烟，觉得不可思议。蒋伟明把烟夹得太下面了。

钱家兴跳坐到桌上，抱着胸，眯着眼，点评道：“招牌不够醒目，回头在弄口扯个大条幅。做生意不供文财神的，得供武财神关公。拿刀拿书那种最好，要贴在大门对面。控制成本最重要。厨房得自己人管，你哥可以，自己人。那些卖菜卖肉的，别急着给钱。能拖就拖。”

蒋伟明说：“人家也是小本生意，怪不好意思的。”

“不占便宜就吃亏。卖菜的乡下人，瞧着土里吧叽，门槛比你精多了。鱼啊虾的，死了活的，菜叶嫩不嫩，猪肉鲜不鲜，都是学问。有你三哥把关，就没问题。”

蒋镇反说：“我在单位也做采购。”

“自己开饭店不一样。材料没必要最好，关键压低进价。东西不新鲜了，多放酱油，照样烧得香喷喷。”

“对，对。”蒋镇反拍打膝盖。烟灰断成一截截，抖搂下来。

蒋伟明问：“照你的经验，新店多久能持平？你瞧，一上午都没客人。”

“伟明啊伟明，早跟你说过，没点心理素质，就别做生意。”

蒋伟明逆光而站，夹烟的手撑在桌角，指头轻促叩击桌面。蒋书盯着那只手。满屋的人和物品，让她透不过气。

钱家兴带来的女人，咯咯笑道：“小胖妞真好玩，腮帮上两大块肉，一鼓一鼓的。”

钱家兴向大家介绍：“小倩，我侄女。”

小倩乜斜着眼：“谁是你侄女？”

“不是侄女是什么，我养的一条狗？”

小倩脸色一挂。众人默然。

钱家兴说：“我看看就走，还有一堆事。恭喜发财啊，老蒋，”扭头招呼小倩，“走。”

小倩不动。

“不走吗？自己看着办。”

小倩嘟着嘴，慢吞吞跟出去。

店里再没人来。豆豆两张桌子一拼，打起了午觉。宋美琴不停谈论儿子：蒋英俊被评为三好生了，作文受老师表扬了，体育老师想让他参加校足球队……“今天外婆带俊俊，下午去学电子琴。我和镇反四点半去接。少年宫老师夸俊俊聪明呢，还说他天生手指长，是弹琴的料。”

蒋伟明说：“这一辈里，就数俊俊有出息。”

蒋镇反笑道："书书，跟你爸说，也学琴去。女孩家学点高雅的，以后找个有钱老公。"

蒋伟明问："想学琴吗？"

蒋书瞄瞄手指，藏到背后。"爸，我出去走走。"

弄堂里铺着水泥地。楼距宽绰，楼顶搭出各色顶棚，晾着衣服，种着花草。弄底转角处，有一方草坛，栽几株蒜苗。两丛毛竹竿晒着棉花被。几个年龄相仿的女孩在踢毽子。毽子"叮当叮当"，反复落地。蒋书听得后脑勺发紧，回店问："有客人吗？"

"没有，"宋美琴道，"钱家兴说了，招牌不够醒目。"

蒋伟明提高声音："书书，别到处瞎转悠。"

蒋书噘起嘴巴，眼底浮出一层泪。

豆豆过来，说："妹，我们比唱歌不？"拽她的手，挠她掌心。蒋书笑了。

蒋镇反夫妇要走。蒋伟明送一挂香蕉。宋美琴捏了捏。"伟明客气。"蒋镇反从屋后推出二十八寸"凤凰"男式自行车，左脚踩车蹬，右腿从后方甩过去。车头一阵摇晃。宋美琴抱着香蕉，跳上尾架。

蒋伟明目送完他们，神情重新温柔了。摸摸蒋书脑袋："三伯下了面，吃不吃？"

厨房操作台上，置有砧板、菜刀、碗盏、用剩的蘑菇和小青菜。角落堆着土豆和胡萝卜。蒸汽缭绕不散。蒋镇反的面，蘑菇煸出香气，开洋吊起鲜味。蒋书吃了两碗。蒋伟明取出一只铁皮盒。盒内装着钱，和一本崭新的“工作手册”。扉页上两个仿宋体钢笔字：“账本”。

蒋伟明翻过扉页，又翻一页，合上账本道：“今天结束吧。”

8

蒋书喜欢豆豆。翻过弄底矮墙，踩过草坛，穿过晾晒的棉花被，远远瞧见豆豆。豆豆倚着店门嗑瓜子，瓜子壳湿漉漉弹了一地。她发现蒋书，尖起与体型不称的细嗓子：“妹啊，想死我啦，今天写字了吗？”豆豆管做作业叫“写字”。她抓过蒋书的手，合在自己被瓜子染黑的肉手里。

蒋伟明买了文武双全的关公财神像，贴在正对门墙壁上。他修灯泡，刷桌布，通下水管。豆豆迎蒋书进店，拉两张椅子，面对面坐着，塞一把瓜子给蒋书。她挤眼鼓腮地笑。“妹，这儿比乡下舒服，没什么客人，不用干活。”

豆豆的启东话呱啦呱啦，蒋书有时听不懂。她夸蒋书写字漂亮，画画也棒。她说蒋书铅笔临摹的关公财神像，比买来的好看。更多时候，她谈老家那个村子。村里姑娘用电线烫头发，用猪油冻擦手，老人家喜欢把鲜桃子做成桃酱，捂在瓦罐里。豆豆说她是全村最勤快的姑娘，十四岁时，就有人来说亲。“我烧菜也不错，”她说，“明天尝尝我的手艺。”

翌日傍晚，蒋书见豆豆蹲在屋外杀泥鳅。泥鳅被剁了脑袋，仍甩来甩去，溅出一径径鲜血。豆豆叉手摁住，刀根一溜，捏出一把内脏。蒋书"嘶"地扭过脸去。

"妹妹别躲啊。没见过杀猪吧，更是吓死你。把猪电晕喽，朝屁眼吹气，吹得跟球似的了，滚水里一扔，整张皮'唰'地下来。啧啧。我朋友很会杀猪，村里就数他能干，"豆豆擦擦脸上的血，"我朋友今天正好来玩，一起吃晚饭吧。"

豆豆的朋友是个四方脸小伙，穿粗布米黄衬衫，草绿色军裤，足蹬一双解放鞋，墨绿鞋面污泥斑斑。他在门口探头探脑："小豆子！"

"奔奔，进来，快进来！"豆豆在衣襟上搓手。

奔奔进来，拎一袋大红袍赤豆。豆豆将赤豆放在屋角，用两棵青菜盖住，扭头对蒋书说："这是我朋友。"

蒋书这才明白，"朋友"是指"男朋友"。奔奔挤在厨房，东摸西碰，还打开冰箱，抓食壁上的冰。俩人说着启东话，"叽叽咕咕"地笑。奔奔手搭在豆豆屁股上，一抠一抠的。

晚饭有清蒸鲫鱼和红烧泥鳅。蒋伟明说，宋美琴胆结石开刀，蒋镇反只能隔天过来。"豆豆烧得也不赖，就是盐放得有点多。"

"不多啊，咱们乡下口味更咸。"豆豆不停给男友夹菜，奔奔一语不发地吃。蒋伟明抽着烟，面前放一小盅白酒。他左手搭住桌面，手背一道痂痕，红红高肿着。

豆豆说："奔奔在乡下怪可怜的，整天吃玉米糙子粥。"

"小伙子多吃。"蒋伟明将菜盆推到他面前。

豆豆说："奔奔可能干了，去过南方，做过生意，是咱们村最见过世面的。他会唱台湾歌曲，还会跳舞——那种手臂像是一截截断掉的舞，春晚上有人跳的。"

蒋伟明"嗯嗯"着，擦拭眼镜片。手指沾了油，总擦不干净。摘掉六百度近视眼镜后，他仿佛失去依傍，目光恍惚不定。眼袋浮肿更明显了。

豆豆突然停下，直愣愣看他。"姨夫，你是个好人！"

奔奔干笑一声。他目光始终盯住面前那盆鱼。板寸头上有条手指似的疤。不知为何，蒋书有些怕他。

饭后，蒋伟明送女儿回家。经过窗下，窗内照旧漆黑。蒋伟明嘘一口气，不知是失望，还是放松。他想找林卿霞谈谈，修补感情。他会给她带点礼物。一件衣服，一双皮鞋，或者一块玉。林卿霞曾说起，严丽妹有块缅甸玉，又亮又透。玉器是养人的，林卿霞也该保养了。

蒋伟明试图回忆，妻子有没有显老，却想起她的年轻模样。她从崇明农场回来不久，扎两根麻花辫。白色的确良衬衫，湖蓝乔其衫裙子，借来的圆头人造革皮鞋。初次见面，他迟到了，远远见她在树荫里，与介绍人并排站着。她反复咬嘴唇，好使它们显得红艳。风向一抖，碎金似的阳光洒向她。

林卿霞是蒋伟明厂里生产科长的老婆的同事。蒋伟明工作努力，为人老实；林卿霞活泼开朗，能歌善舞。科长和他老婆一致认为，一动一静，性格互补才相配。于是，将这对男女青年介绍在一起。

蒋伟明回到餐馆，数了几遍钱。这天有人在店里请客，五六个人，坐了两桌。蒋伟明侍在桌边，点头哈腰地笑。豆豆卷着袖管，忙进忙出。她异常勤快，让蒋伟明有点受宠若惊。他预感到，生意快养出来了。他想给豆豆加工资，又想把招牌换一下。

他躺到厨房地铺上。豆豆在隔壁打鼾，鼾声忽高忽低。那些较为低沉的鼾声，听起来像是呜咽。角落里堆着苋菜和小青菜，甜腻腻的。潮气绵重，地铺微黏。蒋伟明换个姿势，又换个姿势。他背部隐痛，折过手臂，垫在痛处。最后想了想林卿霞，睡着了。

那是新店开张以来，最沉稳的一觉。即使到了半夜，豆豆偷走铁皮钱盒，与等在门口的男友会合，蒋伟明都没能醒来。

9

蒋伟明最终没有报警。他让蒋镇反中午过来帮忙。蒋镇反说要照顾老婆，又说单位领导有意见。蒋伟明提出每月多给五十块钱。蒋镇反说：“好吧，帮你顶一个月，你赶紧找人。关键时候，只有自家兄弟肯帮忙。”

蒋伟明买了一条厨师围裙，在内侧缝个钱兜，终日系在身上。结束营业后，确认门窗关紧了，才坐到桌前。数完钱，记完账，将钞票捆扎结实，收回兜里。屋内过分安静，日光灯管“嗡嗡”作响，仿佛不知疲倦的苍蝇。蒋伟明烧水洗脸，将洗脸水倒进脚盆。

这是一天之中，唯一放松的时刻。翻翻《新民晚报》，添些热水，搓起两只烫红的脚。他希望有人说说话，或在身边走来走去，制造一点衣物摩擦的声音。他回想豆豆。豆豆走动时，大辫子在腰间摆扫，膝盖窝微微后拱，仿佛整个身体重心，压在了敦实的屁股上。有时她莫名高兴，抻紧脖子，唱起歌来，歌声细伶伶打飘。

蒋书不常来店里了。她不信豆豆偷钱。这天下午，她来过一次，告诉蒋伟明，有个叔叔来家里，说是向蒋伟明讨债。“胖胖的叔叔，脑袋上没头发。”蒋伟明告诫女儿，不要搭理，也别泄露店址。“那是个坏人，专门骗小孩子的。”蒋书点头。

林卿霞指责得没错，他是穷光蛋、窝囊废。蒋伟明心痛起来——真正生理上的疼痛，仿佛有只手伸进胸腔，揪起心尖，拧了一下。

回想起来，在近四十年的人生里，蒋伟明始终是个失败者。他排行老四，出生时重七斤半，越长越瘦弱。跟同学丢沙包时，是捡沙包的；和哥哥们打乒乓时，是捡球的；体育课跳鞍马时，是俯身做“鞍马”的。学习成绩也一般。父亲蒋永福在世时，常将他拦腰折起，对准拱出的屁股，哗哗挥动量衣尺。

稍长，遇上“文革”，复课闹革命。几个哥哥是积极分子，蒋伟明是“逍遥派”。初中毕业，分配进厂，做电焊工。工作卖力，但人不活络，工资涨得慢。哥哥们嫌老母啰唆多事，蒋伟明将张荣梅接来住。婆媳经常吵架，拿蒋伟明撒气。张荣梅说：“我家伟明最没出息，被女人骑到头上拉屎拉尿。一张面孔也越长越晦气，瞧瞧他哥建国。”

二十年前，蒋伟明兄弟合影，一色锅盖头，排成前后两排。大哥蒋建国肩膀已经长开，还有了喉结。小弟蒋伟明仍是儿童，抱着小皮球，大腿细得并不拢。四兄弟都是长面孔、细眼睛。哥哥们笑眯眯的。蒋伟明没有笑。他面颊抹过胭脂，嘴唇微微张开，仿佛吃了一惊。

前年春节家族聚会，四兄弟聚齐合影。做人事科长的大伯蒋建国，面孔阔出来，下巴赘肉叠叠；在法院工作的蒋援朝，鼻翼旁有法令纹，深得像两条疤；做厨师的蒋镇反，又黑又瘦，是兄弟中唯一没戴眼镜的。蒋伟明面色最差，皮肉往下耷拉。

生活改变他们，在他们身上留下印迹，将他们的容貌划分等级。蒋伟明常常半夜惊醒，想到年近不惑，一事无成。他希望永远堕入黑暗，再不醒来。

10

林卿霞新烫了头发，脑袋大一圈。泡泡袖连衣裙也是新的。

她开始抹口红和指甲油，还将眉毛拔细。每次见到，林卿霞容貌总有变化。这提醒蒋书：母女见面太少，事物又总被时间改变。

林卿霞不常回家，却常常塞钱。有时女儿熟睡了，就把钱压在台灯下面。

蒋书有五张十元纸币，有新有旧，多半是旧的，皱皱地缺着角。币面正中，一群工农兵和少数民族青年，目光坚定，笑望远方。底下一条蓝黑花纹，印有拼音、阿拉伯数字，和遥远的年份：1965。钞票沿折痕轻颤，仿佛将要飞离桌面。

她将它们摊在桌上，关紧窗子。钞票停止颤动。风的声音、车铃的声音、行人吐痰的声音，被挡在窗玻璃外。蒋书恍惚觉得，可以做任何事了。她想邀韩小兵做客，请同学吃东西。她要他们带她玩，并在跳橡皮筋时，别再让她看管书包。她会把钱放在爸妈手上，哀求他们回家。如果被拒，就买张车票，远走台湾，不再见他们。台湾，那个有蛋黄月饼的地方，人人都很快乐吧。

星期天，蒋书睡到四肢发麻，感觉有阴影俯在脸上。是林卿霞，坐在床边垂眼看自己。她屁股压到蒋书手臂。睫毛影子拖在面颊上，表情显得难以猜测。“醒啦？”她站起身。

蒋书抓住她。“妈妈，又要出去吗？”

“去晒台烧水，渴死了，”扯开女儿的手，“我马上回来。”

蒋书跟到晒台，看她接了水，拨开煤球炉门。炉中尚有余热，火色渐旺，铜吊哗响起来。林卿霞手指缠弄发卷，轻哼：“春风她吻上我的脸，告诉我现在是春天，虽然是春光无限好，只怕那春光老去在眼前……”忽然像被噎住，张张嘴巴，唱不下去。她转视女儿：“记住，妈妈永远是最爱你的人——无论发生什么。”

蒋书觉得，似乎真将“发生什么”。慌里慌张，摸摸睡裤口袋，掏出十块钱，塞给林卿霞。林卿霞手一缩，钱掉在地上。她捻捻指头：“给我钞票干吗，睡傻了呀？别整天睡觉，今天跟妈妈出去玩玩。”

11

在此之前，蒋书没见过新公房。野猫住新公房，二室户。浴缸、煤气、独用水龙头。最让蒋书艳羡的，还是抽水马桶。林卿霞教她使用。她独自反锁在卫生间，一次次抽水。水流沿洁白的瓷壁打转，令人愉悦地“突突”着。野猫忽在隔壁大笑。笑声吱吱嘎嘎，混杂麻将哗哗声。

如果野猫是爸爸，会怎么样？蒋书心尖一扎，跳下马桶，感觉自己是个叛徒。

野猫坐在林卿霞下家。其余俩牌友，一个马脸，一个秃顶。秃顶的说：“小林，你女儿这么胖，眼睛眯眯小，一点不像你。”

林卿霞说：“垃圾桶捡来的呗。碰——”她的草绿人造丝睡裙，薄到半透明，领口敞出一角胸罩。红指甲在黑白麻将间跳跃。她抱起胳膊，等人出牌。指甲栖在睡裙上，仿佛红花缀绿叶。

野猫出完牌，瞄她一眼："女人家不讲究，指甲油掉得一块块。"

林卿霞嗔道："这也要管！"

野猫笑道："你的事情，我都要管一管。"

秃顶大笑。

马脸掐了烟，说："王老板烦我们了，打完这圈就收。"

牌局散后，野猫让林卿霞母女去卧室，从床头翻出录像带，"咔"地推进放映机。"快来看电影，你们女人喜欢的。女主角叫林青霞，青山的青，巧吧。书书，你妈是天下第一美人，这个林青霞是第二美人。"

"呸，瞎说。"林卿霞笑。

蒋书扭头不看他们。

野猫给蒋书搬来躺椅。他和林卿霞坐床沿，起先分处两端，慢慢挨近过去。蒋书把躺椅移至他们面前。野猫说："书书，你去那头。"来搬躺椅。蒋书不动。躺椅挪出一寸。林卿霞道："地板刮坏了。"瞥女儿一眼，移离王老板。

蒋书很快不再留意他们。电影里的"第二美人"，说话像是唱歌。她说"我爱你"时，声音暖洋洋，仿佛在冬天里，戴上了一副绒线手套。没有人对蒋书这么说话。林卿霞从不，蒋伟明也从不。

"爱来爱去的电影，小孩子不适合，"林卿霞说，"书书，坐到窗边去。"

蒋书不动。

“快去，不然关电影了。”林卿霞欠起身子。

蒋书慢吞吞移到窗边，面向天井。天井泥土干结，野草蒙灰，被踩成一摊一摊。不知哪儿的风声，若有若无的“嗞嗞”。闭上眼睛，这风像是刮在旷野。

蒋书醒来时，放映机已成黑屏，野猫和林卿霞不知去向，床沿皱出两个屁股印迹。天色极不均匀，深一处，浅一处。空气里有股长日将尽的倦怠。刚才的电影，“第二美人”哭个不停，似乎还发了疯。蒋书感到难过，仿佛她是生命中至关重要的人。

12

林卿霞走的那天，“秋老虎”凶猛。蒋书站在窗前，汗水渗透发根，一挠一弯黑垢。梧桐叶沉沉不动，马路明亮地发着烫。一个戴草帽、蒙湿巾的男人，在街边兜售棒冰。棒冰裹着棉被，装进大木箱，用废铜烂铁似的自行车驮起。

林卿霞穿墨绿色泡泡袖连衣裙。绿裙衬得肤白，汗湿后贴在背上，显出胸罩轮廓。腕间的“上海”牌手表，牛皮表带勒紧着，边缘鼓出细洁的皮肉，让人想抓起那腕子，啃上一口。

蒋书看入了迷。“妈妈，你干吗戴墨镜？”

林卿霞伸出手。蒋书以为她要摘掉，谁知她将墨镜往上一推。“书书，你瘦了，变漂亮了，有点像我了。”

下午四时，阳光疏淡了。林卿霞将整理好的红蓝编织袋堆在门口。一手叉腰，一手在脸旁扇风。蒋书拿出塑料团扇，替她扇。林卿霞“嗳”了一声，摁住她的手，摘下墨镜。她眼圈青黑，睫毛湿漉漉。

“别这样，书书，”声音微微走调，“记得给妈妈打拷机，知道怎么打拷机吗？”

蒋书不知道，但点点头。林卿霞写下号码，重新戴上墨镜。

野猫终于来了，“嘭”地推门。身后两个小兄弟，动手搬运编织袋。

林卿霞道：“说好中午的，这都几点了。”

野猫道：“好不容易抽出时间。你也知道，我在跟一笔单子……”

“比总理还忙。我的事不重要，我在你心里没地位。”

“行了，大热天的，替你跑来跑去，还像欠你多，还你少。”

“你就欠我了。”

“欠什么了，婚是你自己要离的，谁逼你啦！”

蒋书浑身一凛，抓住母亲的胳膊。

“别缠我，烦死了！”林卿霞甩开女儿，拧拧窗钩。

野猫也戴墨镜，看不出表情。“走不走？”他在T恤上蹭蹭额角，又抬起墨镜，擦掉鼻梁旁的汗，“不走我走了。”

林卿霞噘着嘴，拎起挎包。蒋书找出房门钥匙，挂在颈间。

野猫朝她点头，仿佛刚看见她。仨人一串地出去。隔壁方阿姨在门口剥毛豆，张开布满青筋的双腿，夹住一只菜篮。他们默默绕过她的腿。方阿姨问："走啦？"无人回答。

下楼梯时，林卿霞说："书书，回去，"到大门口，又说："回去，书书。"林卿霞停，蒋书也停。"回去吧。"林卿霞疾走。

弄口有三轮车。小兄弟来回搬运，光着膀子，皮肤油亮。其一肩头文有青蛇。邻居齐齐闭嘴，侧目而视。

装好东西，肩头有蛇的那个跨上车，骑起来。蒋书意识到：妈妈永远不回来了。有那么一两秒，她身体僵硬，汗液骤冷。林卿霞试图扯开她："回去，书书，过两天来看你。"蒋书整个粘到她腿上。

野猫过来，双手插进她腋下，提起她。蒋书一脚乱蹬，一脚抓地面，塑料凉鞋带被蹭断了。野猫将她甩到路边。蒋书反手拽他，指甲掐断在他肉里。野猫扇她一耳光："小赤佬！"

林卿霞尖叫："干什么！"

野猫吼道："你说干什么！"

林卿霞哑然。

"走不走？"野猫鼻翼倏然扩张。

蒋书面颊挨了巴掌，像是塌陷下去。鼻涕流进嘴里，又涩又苦。林卿霞站在一尺开外。她盼望母亲转向自己。母亲却变换重心，倾到另一边。她跟上野猫，一前一后，穿过一棵树，又穿过一棵树。树枝们斜斜伸出，仿佛一根根徒劳挽留的手指。

13

蒋伟明骨架窄瘦一圈，胡楂霜白，衣领有酸叽叽的劣质烟草味。他说回家住，住了一晚，又说心情难受，想回店里。他取下结婚照，扔到床底去，翌日又用晾衣叉钩出来，擦净灰尘，挂回墙上。

家中还是女主人离开时的样子。满地塑料红绳断头，灰尘团团絮絮，不时随风扬一下。五斗橱第三格，开了一条缝。那曾是林卿霞的内衣抽屉，仅剩两枚樟脑丸，一只破洞尼龙袜。大衣柜也敞着，一件儿童羽绒服，孤零零挂在横档上。两只铁丝空衣架，来回轻撞。

蒋书跟着蒋伟明，住到店里去。餐馆暂停营业。一清早，想买肉包子的顾客，“咣啷”晃动铁门。晃两下，骂一句，走了。蒋书从地铺爬起来，打开厨房水龙头，冲洗眼屎和牙垢。豆豆晾的毛巾发硬了，牙杯里的残水开始变绿。蒋书吃万年青饼干，自己戴好红领巾。

放了学，回到店里。“霞霞餐馆”所在，是一条大弄堂，水泥地坑洼，楼房间距宽绰，楼顶纷纷私搭塑料棚，晾衣物，种花草。走到第三幢，左拐，过两幢，右拐，看到一堵灰墙，布满黑褐色爬山虎尸体。几个女孩在踢毽子。毽子“叮当叮当”，反复落地。蒋书听得头皮发麻，再次右拐，看到新做的大店招，陷在邻楼顶棚的阴影里。入秋后，阳光带一点金红，亮中透着颓势。蒋书越走越快，到了铁门前，却不敢开锁。她幻想：人去房空，蒋伟明消失了；或者推门发现一地鲜血。暑假里看熟的《故事会》情节，在脑中变形组合。蒋书快捏不住钥匙了。

幸好，什么都没发生。蒋伟明躺在那里，和清晨离开时一样。地铺旁散着烟头和饼干屑。空气里有口气、汗液、乏于清洁的肉体的混合味道。蒋书叫"爸爸"，蒋伟明不动，也没有呼吸和鼾声。他像是睡死了，但蒋书走开片刻，会发现他变过姿势。每个姿势都别扭，趴着，拧着，或将一条腿折到地铺外，仿佛他厌弃了自己的肢体。

蒋书做完作业，打开绘画本。想画画自己的心情，茫然片刻，又合上。她早早躺到地铺上去。屋外，树叶鬼鬼祟祟窸窣着，还有莫名嗡嗡声，似有小马达连绵开动。她趾缝涩痒，满嘴水泡，每每辗转到下半夜。翌日醒来，后脑勺一抽一抽，仿佛有人在脑袋深处鞭打她。

一天，蒋书走向弄口传达室，递出五分钱。管电话的老头抖抖《每周广播电视报》，从老花镜上方注视她。

"我要打拷机。"

老头找还一分钱，将话机往外推。蒋书拿出小纸条，默念一遍号码。瞥瞥老头，觉得他目光严厉。

“妈妈，你快回来，爸爸要死了。”蒋书留完言，将话筒砸回底座，死死按住。她看起来快哭了。

老头问：“小朋友，你住这儿吗？”

蒋书嗯了一声，避开他的目光。

“小朋友，说啊，你爸妈叫什么名字？”

蒋书转身快跑，跑到腹膈膜抽筋，停下回望。透过传达室玻璃窗，她看到一点灰褐，那是老头的两用衫。落日迟疑不决地吊在青瓦楼顶。蒋书大口喘气，眼白晕红，仿佛染了血。

14

蒋书第一次感到别人需要自己。她过分担心父亲，以至想起林卿霞，倒不怎么难过。她还不知道，有些事如薄刀割指，起初无知无觉，慢慢才痛起来，并且越来越痛。

张荣梅跌跤骨折，无法回去照顾四儿。三个哥哥反复商量，蒋建国把蒋伟明接去暂住。蒋书照常上课，下午四点半，到蒋镇反单位吃饭，顺手拿点花卷、馒头、水煮蛋，作为翌日早午伙食。蒋镇反说：“你爸一把年纪了，也不是没经历过事儿。为个女人要死要活，日子怎么过下去。”自此，蒋书不去找三伯，自己在外面买吃的。

那个傍晚，蒋书买了萝卜丝饼，站在路边吃。中药铺煎药，熏得她唇舌皆苦。几个小孩在打羽毛球。谁家唱着评弹：“她是落花无主随风舞，飞絮飘零泪数行。青楼寄迹非她愿，有志从良配一双……”三弦喑哑，琵琶迂回。蒋书更喜欢笛子，让她联想明媚的食物，比如烘得结结实实的山芋。

“小姑娘，吃什么呢？”有人猛拍肩膀。蒋书被口水呛住，咳嗽起来。

是个老头，穿工装，挎军包，提杨木拐杖。破抹布似的手收回去，搭在杖头。“你叫蒋书是吧。你爸叫蒋伟明。我是蒋伟明的朋友，快叫我吴叔叔。”

蒋书迟疑着。“吴叔叔。”

吴叔叔掏出一粒话梅糖。“乖，送给你吃。”

糖纸微潮，粘连糖块。蒋书舌尖抵住上颚。糖块溶化后，有股眼泪一般的酸涩。

“走，上你家坐会儿。”

“爸爸不在。”

“你在就行。”

“三伯说，不要搭理陌生人。”

“我不是陌生人，是吴叔叔。快点走，再不听话，告诉你老师去。”

吴叔叔跛脚，军包一步一晃，撞击大腿外侧。一路絮絮地问：几年级了，读书好不好，班上多少人。

蒋书像被抽中课堂提问，郑重回答。

“放学怎么不跟同学玩？”

蒋书想和同学玩。她放学留校做作业，换坐到靠窗位置，不时朝外张望。同学三三两两，拍洋画、打乒乓、斗玻璃珠。偶尔抬头，见二楼有个脑袋，旋出来，转进去。“蒋书爸妈离婚了。”他们窃窃私语。不懂什么叫“离婚”，却出于儿童本能的恶意，哄笑起来。

蒋书写着写着，不知在写什么。她起身走至讲台，又往回走。假想自己是老师。空桌椅代表小朋友们，静静注视她，聆听她。有的桌子上，撮着橡皮屑；有的桌子上，遗了一支笔；有的桌子隔板松动；有的腿脚不稳。不再是出厂时的崭新一致。彼此有了差别，就像使用它们的小朋友。蒋书怨恨差别。为什么自己不是熊俊妮，或者韩小兵呢。

她悄然伸手，捏住吴叔叔衣服后摆。那一小角普蓝色布料，又潮又硬，浸透另一个人的身体气息。吴叔叔转过脸，嘿嘿笑，伸手一把钳住蒋书。

15

钥匙有点硌，在锁孔里“喀啦”响。蒋书推门的瞬间，闻到陈年棉花胎似的味道。阳光晒进窗槛半尺，打住。家具静默包围她，日复一日老旧，积满灰尘。

吴叔叔跟进来，熟门熟路似的，径直坐到床沿。“小姑娘，给客人倒水喝。”他转动脑袋的样子，像是脖颈生了锈。“咦，结婚照。”大衣柜边，悬着墨绿木质相框。新郎新娘穿军装。面孔是黑白的，颧骨嘴唇染了颜色，红得过分。新郎眼眶瞪紧着。新娘扎麻花辫，五官酷似山口百惠。她没有笑，眉峰挑起，仿佛吃了一惊。

有那么几秒，蒋书以为老头休克了，直至他扯住前襟，鼻孔嗤出一口气。“蒋伟明讨了个漂亮老婆。”

蒋书晃晃瓷水壶，里头有水。

吴叔叔打开军包，取出搪瓷杯。杯身烫有方正姚体红字：“千万不要忘记阶级斗争”，底下毛泽东签名。杯口瓷釉脱落，内壁水垢斑驳。吴叔叔从杯沿打量蒋书。“傻站着干吗？”

蒋书坐到缝纫机前，铺上木板。

“爸妈怎么不管你了。”吴叔叔说。

“管的。”

“你爸做个体户去了，你妈轧姘头去了。”

“瞎说！”

“你妈叫什么来着……哦，叫‘狐狸精’。”

“她叫林卿霞！”

“林青霞？林青霞？！哈哈。你不像林青霞的女儿，你是垃圾桶里捡来的。”

“咦，你怎么知道？妈妈也这么说。”

“你又胖又丑，根本不像你妈。丑姑娘，爸妈不要你了。”

蒋书咬住嘴唇，面朝窗外。

吴叔叔举杯，放下。水在口腔中回旋。他等她哭出来。她扭头回视，眼底的晶亮收敛了。他额角有根神经骤然跳动。“不理你了，我吃晚饭。”他掏出一团报纸。里头两只包子，已被压得菜馅外溢。

吴叔叔牙龈浅淡，牙齿犹如久放失水的玉米粒。他皱巴巴坐着，不时撑开衣摆，拈食掉落的渣子。包子与凉白开，在他胃里咕嘟混合。

蒋书看了会儿，起身给他斟水。

吴叔叔咦了一声。“作业完成了吗？”

“完成了。”

“那打算干吗？”

“画画。”

“哦，你喜欢画画呀。我年轻时学画画，在厂里负责黑板报，直到……”他哆嗦脖子，挤出一串嗝，将报纸和水杯放在桌上。“给我看看你的画。”

蒋书双手掩住，还是被抽走。网格绘图纸一裁二，订成绘画本。封面写“蒋书，三（1）班”。字体谨小，互相怯怯挨挤。

蒋书画树、房子、电线杆……每样都方方正正。吴叔叔翻过几页，看到一个女人，悬在页面右上角。身体也方方正正，细面条似的手臂，向两侧张开，仿佛伸向无限远。

“画的谁呀，你妈？”

蒋书没有回答。

吴叔叔放下本子，扫视缝纫机台面。掉漆的铅笔盒、划痕累累的塑料垫板、笔管碎裂的活动铅笔……“去吧，继续画去。”

树叶层层交叠，将天空割成小块。暮色笼起，渐呈墨蓝色。吴叔叔蜷着身体，笼住双手，眼皮一点点粘连，忽又惊醒。“我要走了。”他将剩水泼出窗外，搪瓷杯倒过来拍干，窸窣扣好包扣。“怎么不开灯？眼睛会坏的。”

蒋书打开日光灯。

“这又画的谁……画我吗？”

蒋书点点头。

“有点像，皱纹多了些。”他眼袋微颤，似乎要笑，蓦然伸出一只手。蒋书往后躲，还是被摸到脸。“小姑娘，真讨人喜欢。蒋伟明凭啥这么有福气？他是个大坏蛋！”

“胡说！”

吴叔叔笑了，发出一串挤压气泡膜似的声音。“你会知道的。”

16

翌日下了一场雨。空气腥潮，路面灰得很深，蒋书放了学，在街边吃掉两只茶叶蛋、一袋麦丽素，早早回了家。五点多，吴叔叔又来，穿同一套衣服，袖管挽起在肘部。颜色不辨的胶鞋，在过道里拖沓作声。

隔壁方阿姨问：“书书，来亲戚啦？”

吴叔叔说：“我是蒋伟明的同事。”

方阿姨上下打量。“书书，一个人在家，要多当心。”

蒋书“嗯”了一声，迎他进门。

“乖孩子，不怕我呀？”

蒋书轻声说：“怕。”

吴叔叔咧咧嘴巴：“没出去玩吗？”

“我在看书。”桌上有本摊开的《故事会》。

她给他倒水。

他拿出一支铅笔、一块橡皮。“送给你的。画画不能用自动铅笔，要用木头铅笔，2B最好，不软不硬。还有橡皮，花花绿绿擦不干净，得用这种——见过吗？”

“这是‘臭橡皮’，我的是‘香橡皮’。”

“坐下，你想学打阴影，还是画立方体？”

蒋书想了想。“随便。”

“随便是什么意思？”

蒋书摇摇头，又点点头。“那学打阴影。”

吴叔叔削好铅笔，开始示范：握笔用腕力，小指头点在纸上，防止画面蹭脏……他手掌焦黄，指节粗大，指头宛如根根拔出的竹子。它们看起来遒劲，不似老年人的手。

“书书。”那手放下铅笔。

“嗯？”

“你不喜欢画画。”

“喜欢的。”

“你不喜欢我教你。”

“喜欢的。”

“还敢撒谎，瞧你眼神定怏怏！”

蒋书被唬住，说：“不喜欢。”

吴叔叔哼了一声，盯着她看，仿佛她是一架出故障的机器。“你还挺听话呀。”

蒋书没有应声。

“很多人夸你懂事吧？懂事的好孩子，过来。”

蒋书过去。

吴叔叔拉拢她，缓缓抚摸她的背。“别愁眉苦脸。长大以后，烦恼更多呢。我让你永远别长大，好不好？”他胸腔颤动，声音低回。

蒋书忽生预感：他会掐住她的后颈，犹如掐一只流浪猫，直至脊椎碎裂。

那手仿佛感知她的念头，停住了。

她鼻孔堵塞，脑袋憋痛。狠狠吸气，再吸气。

吴叔叔松开她。“晚饭吃过吗？”

“没有。”

他掏出两块粢饭糕。“瞧瞧，新炸的，又硬又脆，带点儿焦，嚼着可香了。”他撕下一角，塞给蒋书。蒋书侧了侧脸，面颊沾到油腻。

“怎么，嫌弃我？”

蒋书赶忙咬住。粢饭糕混合手指汗味。

“真乖，”吴叔叔将剩余的糕递给她，“自己好好吃。”

一老一少，相对而坐。对楼铲勺叮当，蔬菜哗啦倒进油锅。这样的人间烟火，每天让蒋书心慌慌。吴叔叔问她渴不渴，递来搪瓷杯。蒋书将杯沿转个角度，啜了一口。

“人的心里啊，有很大一个洞，怎么都填不住……”吴叔叔慢吞吞说道。

蒋书等待下文。他手背抹抹嘴，擦到衣摆上，扭头看窗外。五斗橱上，“三五”牌座钟嗒嗒走动，丈量屋内突如其来的安静。

吴叔叔重新开口。“有时候以为吃东西能解决。吃啊吃，那个洞越来越大，整个人都空了，根本没法填满……除非你死掉。”

蒋书听不懂，又好像听懂。大人都说蒋书馋，她不觉得馋。她只是心慌罢了。以前，林卿霞将零食藏在碗橱顶，蒋书踩着小板凳，用羽毛球拍钩出来偷吃。没有零食时，她舔糖衣药丸，甚至抿一口酱油，再呸呸吐掉。现在无人管教，零钱充裕，吃的欲望反而淡了。

吴叔叔说："咱们逛公园去，公园里很多好吃的。"

"不要。"

"为什么？"

"太晚了。"

"就逛一会儿。"

"太远了。"

"就在街口，十分钟的路。"

蒋书不说话。

吴叔叔扯扯她："到底去不去啊！"

她预感他要打人了，举起胳膊，挡住脑袋。

他叹了口气。"不去就不去，改天再说，"指指凳子，"坐下。"

蒋书挪动屁股，对准凳面。

"给我念个故事，"吴叔叔拿起《故事会》，瞄一眼，"就念这个。"

科学家和巨人怪物。科学家制造出怪物，怪物善良却丑陋，一次次遭受人类嫌恶。科学家毁灭他的伴侣后，他开始杀人。杀了一个又一个，追逐科学家到北极。

蒋书结结巴巴，越念越轻，轻到听不见，就咳嗽一声，重新响亮。故事冗长，遍布泥泞，望不到头。恐怖情节处处埋伏，击打她的胆量。蒋书宁愿被班主任逮住说话，宁愿听得憋不住，尿在裤子里。她在一个生字上停顿。吴叔叔唰地撩起眼皮。她赶忙低头，将生字含混过去。

终于念完，俩人都不说话。夜风吹得蒋书耳孔痒痒。方阿姨家电视机在唱《绝代双骄》："人生充满着疑问，人性更是难信任……"一只狗听得不耐烦了，吠个没完。

蒋书打开日光灯。灯光将鼻子、眼窝、颧骨的阴影，杂乱贴在吴叔叔脸上。肢体挪移，阴影偏转，看似变幻不定的面具。"你认识很多字，你是个好孩子，"他停止抖腿，裤料摩擦的唰唰声消失，"我得走了。"

"明天还来吗？"

"你希望我来吗？"

蒋书嚅嚅嘴。

"不管希不希望，我都会来，天天来。"

17

吴叔叔送蒋书颜料和调色盘。蒋书描摹《故事会》插图。垫上透明纸，铅笔勾轮廓。将洗笔的玻璃杯倒满水，又倒一点在调色盘里。她握刀似的握住画笔。红的、绿的、黄的、蓝的……

吴叔叔脑袋下垂，口水淌在前襟。敲门声骤起。他浑身筛动，瞪住蒋书，缓缓清醒过来。"谁呀？"

"书书。"门外轻呼。

蒋书开门。

是蒋伟明。他剪过头发，鬓角光光，戴着灯芯绒袖套，腰间多一只拷机。他整个人看起来都是崭新的。他冲蒋书笑。蒋书呆在原地。

蒋伟明进屋，放下两兜杂物，抻抻布满勒痕的指头，咦了一声，对吴叔叔说："你是林卿霞那个老同事吧？存折她拿走了，你找她要钱去。"他打开抽屉，取出铁皮月饼盒，翻给吴叔叔看。"瞧，存折没了，姓名章也没了，你把这儿坐塌了也没用。"他关起抽屉，来到落地扇前。按钮啪啪空响。他拍拍风扇脑袋，蹲下检查插头。

"早就坏了。"蒋书说。

"明年买只新的，"蒋伟明说，"好在天也凉快了。"

吴叔叔拎起拐杖，戳戳地上尼龙网兜。一只塑料折叠旅游杯哗嗒翻转。蒋伟明抬头说："想起来了，老在店门口转悠的也是你吧。你找林卿霞去，缠着我干吗？"他咬咬牙起身，将尼龙袋拎到桌上，长而脏的指甲解着扣绳。

"蒋伟明。"吴叔叔语气硬邦邦。

蒋伟明愣了愣，大悟似的，转身叫道："啊，你！"

吴叔叔五官皱缩起来，像在酝酿一个喷嚏。

"小吴，"蒋伟明说，"最近好吗……晚饭吃了吗？"

"没吃，还好饿不死。"

蒋书看看爸爸，看看吴叔叔。原来他们真是老朋友。

“吃点什么吗？”蒋伟明问，“你真有本事，怎么找来的？”

“你上过《劳动报》，是大红人了，饭店地址都登出来，能找不到吗？”

蒋伟明顿了顿。“秋天了，一场雨，一场凉。”

“嗯，我倒是觉得热。”吴叔叔解开工装服，脱到肩膀之下。

“喝点水吧？唔，书书给你倒水了，”蒋伟明瞥瞥桌上搪瓷杯，“稍等，我整理一下。”转回身去。

“别急啊，先看看我。你看我这些伤，一下雨就疼。”他等了等，见蒋伟明不理，就转向蒋书，指点自己的胸脯。暗黄皮肤上，一条条肉红瘢痕，如蚯蚓凸起，随呼吸起伏。

“书书，来摸摸。”吴叔叔说。

“书书，别过去。”蒋伟明说。

蒋书挠挠耳背，抓抓大腿。

蒋伟明收起网兜，打了个结。“书书，洗脚睡觉。”

蒋书看看钟，才七点半。

“蒋伟明。”吴叔叔说。

蒋伟明对蒋书说：“赶紧去。”

蒋书上晒台烧水。她不想洗澡。浸湿毛巾，擦擦面孔脖颈，站在过道更换睡衣。再次进屋时，两个大人都不说话。蒋伟明这儿翻翻，那儿找找。抽屉和橱门嘭嘭响。吴叔叔眼睛跟着转。他已穿上衣服。蒋书透过那件终日不换的工装，想象底下的瘢痕。

她手背毛孔收紧了。

“还不睡觉！”蒋伟明说。

蒋书绕过吴叔叔，爬上床。吴叔叔捏捏她的脚。蒋书缩起脚，缩起脖子胳膊，背脊抵住墙壁。稍稍感觉安全了。空气滞重，催人入睡。她很快做起了梦。

18

蒋伟明让蒋书去店里。蒋书去了。放学一路小跑，翻过弄底土红色矮墙。墙头似乎更矮，经常翻爬的人们，将黏土砖颜色磨浅了。这是蒋书以前从未注意的。

“霞霞餐馆”门前，蹲着个陌生女人，撩着袖管，擦洗风扇罩子。抬头笑问：“书书？”

蒋伟明闻声出来。“书书来啦，”指指女人，“这是唐阿姨。”

蒋书看着她。

“快叫‘唐阿姨好’。”

“唐阿姨好。”

“四年级了吧，你爸一直夸你。”唐阿姨细长眼睛，笑得看不见眼白。她放下抹布，掏掏口袋：“不知道你来，没买礼物。”

“彩凤别客气。书书，来，快来。”

蒋书进店。蒋伟明帮她卸了书包，放在屋角立柜上。柜子也是新的，胡桃木色，三夹板气味不散。“书书，给你看样东西。”

墙上添了个镜框，夹着一版《劳动报》。

蒋伟明指点右下角。一块豆腐干文章，标题叫《勇做吃螃蟹的人》。他用小指勾点出几个字，“书书，看到没，蒋——伟——明——，再看这儿，霞——霞——餐——馆——，我上报啦！全靠唐阿姨帮忙。她表哥是大记者，肯帮忙介绍咱们饭店。这些天生意刷刷上去。”

蒋书不说话。

“我让你三伯重定菜单，看家菜拿出来。他会烧七十多道呢。鸭子最拿手，香酥鸭、麻辣鸭、炒鸭杂……唔，你看——”

蒋书瞥瞥新菜单。两张白底绿格文稿纸，并排贴在墙上，用黑钢笔誊满。

“钱家兴的饭店，听说挤满了人，只能站着吃，卖完也不走。他打算找房子，再开一家。也许以后我也可以……你相信我吗，书书？”

“相信。”蒋书语气僵硬。

蒋伟明变成了另外一个人。蒋书怀念那个被生活打垮的父亲。他让她感觉自己长大了，被人需要。他一动不动地躺着，一只手裸在被子外。她探过身去，将自己的手，放在那只手上。大手倏然蜷起，捏紧小手。那个时刻，他们相依为命。

“书书，借的钱马上能还掉。”

“哦。”

“这个星期天，我们和唐阿姨一起，逛逛街，玩玩。”

蒋书扭过头去，微微抬高下巴。

唐彩凤进来，一股洗衣粉味道。“没啥送的，吃点奶糖。”她拉住蒋书。蒋书缩手。她硬拽住，将糖塞给她。

蒋伟明说：“书书，收下吧。”

蒋书收下。

唐彩凤说：“我做了啫喱，在冰箱里。要不要吃？”

蒋书摇头。

唐彩凤说：“等着，我拿给你。”端出冰碗。

蒋书坐下，机械地挖一勺。

唐彩凤笑眯眯，“书书五官秀气，像你。”

“哪里像我，人家都说像……”蒋伟明没说下去。

唐彩凤瞥他一眼，搓搓手指，“我干活了。”

蒋伟明道：“我也干活了。”

黄桃味啫喱，甜得腻牙。碗底粉末没有化开，一股药沫子味。蒋书放下碗勺，走进厨房。蒋伟明在除冰，脑袋伸在冰箱里。蒋书脚底潮湿，发现地上有水塘。墙边堆放的白菜，叶片被浸软了。

“爸，有水。”

“昨天就发现了。埋管子的时候，接口没接好，得把地面撬起来。唐阿姨她弟是水电工，下周会来看看。”

“唐阿姨是谁？”蒋书脚趾在鞋里拧来拧去。

“她是爸爸同事，专门请假来帮忙的。她一直关心我，人又能干，而且……”

“爸，我要走了。”

“啊，干吗走？在这儿吃晚饭。”

蒋书想推说不舒服，又想说作业本落在家里。最终什么都不说，转身径直出去。唐彩凤正在屋角水斗旁，一下一下捣拖把。因为用力，眉眼拧起着，面目显得凶狠。对楼窗口晾着床单。风向游移，床单忽而吸附晾衣竿，忽而鼓出来，仿佛一张风帆，扬起在唐彩凤脑后。

“书书，这么快走了？”她抬头，突兀地笑。蒋书含混应声，快步经过，听见她说：“以后每天过来吃晚饭。”蒋书走到弄堂口，掏出她送的奶糖，扔在地上。想想舍不得，又跑回去，捡起来吃。

奶糖实在太甜了，甜到极致，竟有一丝苦味。

19

唐彩凤的儿子孙健，每次穿靛蓝色线衫线裤。细看是两套替换，一套胳肢窝脱了线，一套胸口有洗不净的污渍。裤腿都短小了，露一截皮肤毛糙的脚踝。领口汗臭着。唐彩凤常带他来，让两个孩子一起做作业。

孙健咬着笔杆，翘着椅子，东张西望。唐彩凤过来，他假装看书。一走，故态复萌。他用圆规针戳蒋书的手，冲她打喷嚏，喷她一脸唾沫。有次，他撩起袖管，肘部一大块伤口，已经稠稠流脓。他用铅笔尖挑脓水，嘴里“咝咝”不停。臂上一排伤疤，红红黄黄，形状不一。“看个屁”，他瞪着蒋书，“小心老子把你揍成一泡脓。”

倘若周日晴朗，唐彩凤会提议逛街。蒋书不肯。蒋伟明道：“你唐阿姨说，秋天很短，再过几星期，就不适合出门了。”又道：“你唐阿姨说，大家熟悉熟悉，尤其你跟孙健，小朋友在一起玩得来。”他提及唐彩凤，仿佛小孩依恋大人。最后他说：“书书去吧，就算为了我。”

台风过后，空气凛然，路面似一匹洗旧的棉布。蒋伟明一早起来，煮十只鸡蛋，和女儿各吃两只，其余装进食品纸袋。九点整，等在国际饭店门口。又陆续吃蛋。蒋伟明越来越频繁地看表。九点三刻，唐彩凤来了，站在对街挥手。她抹过口红，额前鬓角的碎发，用小夹子固定，发缕间裸出肉色头皮。

片刻，孙健晃悠悠跟过来。手拿小树枝，一路鞭打垃圾桶。阳光清疏，将他脑袋照得硕大，仿佛蒋书课本里的“小萝卜头”。他在几米开外，歪歪扭扭停住。其余三人迎过去。

“我饿了。”他盯着食品袋。

蒋伟明即刻递给他。

唐彩凤道："健健早上说肚子疼，在马桶上腻了好久，所以出门晚了。"

"没事，没事。"

四人僵站片刻，慢慢走起来。孙健落后了，趁大人不注意，将嚼过的水煮蛋吐在地上。他剜蒋书一眼。蒋书快步跟上蒋伟明。

他们走过和平饭店，走过惠罗公司。唐彩凤在老大房门口排队，买了八只鲜肉月饼；在三阳南货店，买了一斤桂圆干；又挤进沈大成糕团点心店，买了两盒糕团。她邀蒋书吃，蒋书不吃。她坚持，蒋书吃了。孙健不停坏笑，故意碰撞蒋书，还撕碎食品纸袋，揉成小团，弹击蒋书。

阳光黏重起来，拖住行人的步子，要他们站定，散着浑身骨头，享受皮肉上这点舒服。蒋书一背一脑的汗，线袜渍得微湿。蒋伟明和唐彩凤，走得不知去向。孙健捅一下蒋书的腰，耳语道："你爸是个废物，只会吃软饭。"

蒋书听蒋镇反说过，唐彩凤的男人，在一九八三年偷一盒电焊条，判刑八年，肺炎死在狱中。她脱口而出："你爸是个劳改犯，死掉了，死掉了。"身边电线杆倏然前倾，太阳从眼底斜过去。她听见路人惊呼。"啪"的一声，旋即耳中嗡嗡不绝。

孙健绊倒蒋书，见她仰躺不动，不安起来。"我从来不打女人的，"等了等，又说，"不许告状，否则有你好看。"

蒋书麻木几秒，身体渐次疼痛，后脑勺、胳膊肘、左爿屁股……脖颈也作痒。一摸，是眼泪。孙健的扁平面孔，俯在她上方，像要将她的面孔全然盖住。围观者嘁嘁喳喳，无人上前搀扶。蒋书想到林卿霞，继而什么都不想。内心充满对所有人的憎恨。她侧身，蜷起，一掌支地，缓缓站立起来。

20

烧完最后一拨菜，蒋镇反走进厨房，拼配剩料。蒋书喜欢他的杂菜煲。煮烂的菜叶、切薄的土豆、浸软的粉丝，热闹闹挤在米黄色汤里。蒸汽噗噗直冒，小摊小摊麻油，在汤面上左冲右突，搅得满屋芳香。

蒋镇反伸出食指，拈一圈油瓶口，放进嘴里吮咂。他焖上杂菜煲，点起香烟，到最后一个食客桌边，转来转去。那老头吃不安稳了，嘴巴瘪瘪磨着，盯住蒋镇反的脚。

唐彩凤说："伟明，跟你哥说去，别那样。"

蒋伟明拉他到屋外，说了。

蒋镇反说："怕那个糟老头不高兴？我还不高兴呢。就吃一碗面，让大家等着。我还得回去给俊俊做默写呢。"

客人剔完牙，终于走了。唐彩凤吆喝"开吃"，蒋书端菜盛饭。三伯那碗饭，按他的要求，用饭勺摁实了。

唐彩凤关了其他灯，只留头顶一盏，说是节省电费。她告诉蒋书，吃饭时说话，是没有教养的表现，外国人吃饭从不说话。

桌面安静，只有日光灯管的嗞嗞声，调羹磕碰的啪嗒声，以及孙健抖腿时，裤料摩擦的唰唰声。晚风拂撩背脊，吹得蒋书耳孔痒痒。

这时，蒋镇反说话了。“同事到区饮食公司打小报告，说我上班像条虫，下班像条龙。领导来谈话，说我是在社会主义制度下，搞资本主义第二职业。”

唐彩凤说：“你们领导太僵化。我们上过《劳动报》，你可以拿给他看。《文汇报》也报道过个体户，国家是支持的。时代不同了。”

“老同志有老同志的想法。况且，我做完单位，又做这里，身体也吃不消。”

“你不做的话，介绍别人来吧。”

“没说不做，就是压力大。”

“压力能跟伟明比？他没有单位，一切靠自己。每天睁开眼，就许多钞票出去，房租、水电、菜肉……”

“真这么苦，回厂上班好了。伟明哪天发了财，也不会送钱给我们。”

蒋伟明放下筷子，看着他的三哥。

唐彩凤问：“那你啥意思？”

蒋镇反道：“说得难听点，谁当老板不重要。菜烧得香，生意才会好。”

“哦，都是你的功劳。”

“彩凤！”

“我家俊俊又学琴，又学摄影。摄影老师夸他有天分，要培养他。培养是要花钱的，刚买了海鸥照相机，贵得要死。”

蒋伟明说：“小孩教育是很重要。”

唐彩凤说：“镇反阿哥，你清楚情况。你弟弟债刚还清，门头要装雨檐，还要添电视机。”

“我和我弟说话，你一个外人，怎么老插嘴？”

“你弟是老实人，我就爱打抱不平。你看你，烧完一个菜，火也不关，拼命放油，洗碗时盘底剩了多少油。采购也有问题。昨天进了二十斤猪肉，哪有卖掉那么多。”

蒋镇反颈窝里青筋暴起。“好，好……”，碗筷一扔，椅子一推，跑出去。

孙健脑袋埋进臂弯，嘿嘿闷笑。

蒋伟明也想出去。唐彩凤说：“还有一口饭，吃掉再说。”蒋伟明扒光米饭，鼓着腮帮，追到屋外。

蒋书跟出去，站在墙角阴影里。身旁落水管轰隆隆一阵响。

蒋镇反说：“这女人，说话跟开机关枪似的。”

“她人直来直去的，心眼不坏。”

“一个寡妇，带着拖油瓶，长得难看，脾气又暴，也就你……”

“阿哥！”

“生活是不容易，也不能遇到谁，就抓住谁。你从小性格弱，几个哥哥把你宠坏了。”

“不是这样的。”

“总被女人捏牢，迟早还要吃亏。”

“彩凤是来帮忙的。”

“行了，书呆子，话已经说够了。”蒋镇反将烟头远远抛开。黑暗中火点一闪。

蒋伟明给他递烟，他摆手。

“这样吧，下月开始，我们每月加三十块钱。”

“加就加。我是贪你的钱吗？别把姓唐的话当真了。”

“我晓得，你是自家阿哥。”

“晓得有啥用，人家骑你头上了。店里的账，现在都归她管……”

厨房内“乒乓”一声。屋外人不说话了。沉寂片刻，水龙头又哗哗起来。蒋镇反哼了哼，进店去。“书书，你怎么站这儿？”他瞥一眼。蒋书跟进去。

烟头烧到手了，蒋伟明不觉得疼。仍然抱住胳膊，做出夹烟的手势。蒋镇反拎着公文包，再次出来。“阿哥，走好。”蒋镇反没有应声。

蒋伟明望着他，直到看不见。路灯骤亮，显出灯底有个人影。工装，军包，拐杖，不知在那儿站了多久。蒋伟明一怔，想叫“小吴”，叫不出口。

小吴拖泥带水地咳嗽。

唐彩凤大声问：“谁啊？”

小吴往后一步，退回阴影里。

21

蒋镇反不干了，说是辅导儿子功课，时间不够用。蒋伟明不久听说，他在钱家兴新店里当大厨。

唐彩凤停薪留职，正式接管，改名“凤凤餐馆”。她每天读《文汇报》和《解放日报》，还去北京取经。北京的远房堂兄，生意做得比钱家兴还大，上过日本《每日新闻》。唐彩凤说：“人家才叫做生意。我们只是摆摊子。邓小平说了，要改革，不改不行。”

她调整菜单，以家常菜为主。以前蒋镇反掌勺，她打下手。现在她掌勺，雇个洗切工。她将墙面刷成湖蓝，桌布换为五彩花朵的，说能增进顾客食欲。

她托关系，找到一个主任，购买和平饭店换下的碗筷。“到底是大饭店，淘汰的都这么好。”实木筷子七分新，顶端镶铜。蒋书夹菜吃力。唐彩凤说她手势不对，没福气用好筷子。

她回绝三伯的供菜商，自己跑菜场，专挑落市去。还带着麻袋，骑车到郊区购菜，有时浦东，有时南汇。“我说蒋镇反搞鬼吧。看看，成本省了三分之一。”

唐彩凤的双下巴，退潮似的后缩，脖颈显长出来。蒋伟明说："书书，看你唐阿姨，瘦成这样了。我们全都靠她，要谢谢唐阿姨。"

弄堂里的居委会黑板报，出现一篇报纸摘抄："个体户虽然合法，但收入太高。这些人富裕起来，能不能体现社会主义优越性？个体户的规模、范围、管理和政策问题，需不需要进一步研究？"旁边水泥墙，有白色石板笔写的："打倒凤凤餐馆。"

唐彩凤说："这是嫉妒，不理他们。"

蒋伟明不能不理。邻居隔三岔五敲门，嫌油烟大，声音吵，还说搭在门口的煤饼、晒在窗边的拖鞋，被食客偷走。蒋伟明赔过几次钱。区工商局领导来过，说当初登记点心铺，却开成餐馆，是违法的。唐彩凤塞了两百块钱，外加一条中华烟。房东也来，想涨房租，说是房管所要求：住房改店面，房租得按营业用房标准。

月底结算，营业额降了三分之一。唐彩凤到寺庙烧香，买一尊菩萨像，让长老开了光，供在店堂里。她让大家一起拜菩萨。

蒋书问："菩萨在哪里？"

"菩萨在天上，躲在云彩后面，"唐彩凤说，"命里没办法的事，就要求菩萨。"

蒋书跑出去。天上没有云。天空深一块，浅一块，蓝里透青，带一点烟灰。蒋书曾在普陀山看过大海，就是这种颜色。肮脏与混浊，使它们深不可测。天空向前延伸，被苦楝树挂住；往后延伸，被瓦檐截断。蒋书踮起脚跟。天空舒展得更远，越过树顶、房屋、烟囱，越过城市、陆地、地球。蒋书蹲下，脊梁里发颤。那是她人生第一次，面对无法把握的事物，产生敬畏之心。

22

唐彩凤洗衣服，掏蒋伟明裤子口袋，掏出一张黑白照片。二十六岁的林卿霞，圆圆脸，身体微斜，捻一根麻花辫，笑得鼻梁打皱。唐彩凤揉起照片，扔进垃圾堆。走到屋里，用袖套甩击桌面，发出抽耳光似的啪啪声。

蒋伟明问："怎么啦？"

"没怎么，"又说，"你还来问我。"

孙健用胳膊肘撞撞蒋书，满脸兴奋。

蒋书拿起卷笔刀出去，一眼看到母亲的照片，陷在鱼泡和烂菜叶之间。想捡，又觉恶心。折回去对父亲说："韩小兵请我吃晚饭，他的台湾伯伯回来了。"

蒋伟明道："刚才怎么不说？饭都烧好了。台湾伯伯认识你吗？"

唐彩凤冷眼道："管那么多干吗，别转移话题。"

蒋书收拾书包。出了弄堂，不知往哪里去。胡走乱逛，到小菜场。

乡下人挑来扁担，铺开大小竹筐，用古怪的口音吆喝。葱油饼嚓嚓下锅。沾满羽毛禽粪的铁笼子，被移至道边。鸡鸭木然瞅着过路人脚踝。墨绿尼龙网眼袋，网有螃蟹和蛇。螃蟹层层叠叠，蟹脚钩住网眼，徒劳窜爬；蛇像一盘盘缆绳，偶有蛇头昂顶，满袋暗褐花纹溜滑地动起来。海鲜摊的泡沫塑料盒，一浅底清水，悬几尾鱼虾。一条鲫鱼跃出盒壁，在地上湿漉漉挺摆。

赶在落市买便宜菜的妇女，把蒋书挤来撞去，踩踏她的脚。身处人群之中，蒋书感到安慰，又有种空荡荡的沮丧。她想起吴叔叔的话，“人的心里啊，有很大一个洞，怎么都填不住”——她有了奇怪的预感，肩上一沉，多了一只手。

回头，果真是吴叔叔，正歪着嘴笑。“晚饭没吃吧？”

“嗯。”

“怎么啦，不高兴？爸妈不要你了？来。”

蒋书抱住他。他身体又瘦又硬，工装空落落的，前襟纽扣剐蹭她的脸。他将下巴搁在她头顶。他闻起来像一锅隔夜饭。“吃小笼包去。”

他们到街角餐馆。进门的一刻，蒋书联想“霞霞餐馆”，心头一沉。小笼包热腾腾上来，她又高兴了。吴叔叔留意她，不说话。

蒋书吃了三只，抬头说：“吴叔叔你吃。”

“我喜欢看你吃，”他推来醋瓶，“小笼包要蘸醋。”

“我不吃醋。”

“你要吃。”

“我不爱吃。”

“必须吃。”他移过瓷碟。醋瓶嘴没有对准，误斟在蒋书手上。他用袖管擦拭，擦得她疼。蒋书忽然不安。缩手低头，夹起小笼包，浸入醋碟。

“去公园吗？”吴叔叔问。

“不去。”

“干吗不去，公园多好玩，还有好吃的。”

蒋书犹豫。

“走，去公园。”他替她做出决定。

23

公园离得不远。蒋伟明曾说，在旧社会，这儿是跑马厅。“什么是跑马厅？”“就是有钱人玩的地方。”公园后门有花鸟市场，他带女儿逛过，买了几尾金鱼，很快被养死。那是很久以前了。蒋书记得，从公园回家，蒋伟明一路将她扛在后颈。

天色寡淡，迟迟不肯暗。吴叔叔和蒋书坐在湖边木凳上。水汽略带腥味。一个男孩踩着凸出湖面的石头，用面包屑勾引鲤鱼。他的同伙抓住石楠树，倾着身体，挥舞自制网兜，撩捕贪吃上当的鱼儿。

蒋书觉得无聊，抠剥指甲死皮。

“你就没一刻安静。”吴叔叔抓住她的手。指甲边缘血迹斑斑。

蒋书“嗞”了一声，抽手压到大腿底下。

吴叔叔盯着她，眼神渐渐斜出去，仿佛被捉摸不透的心思搅乱。“走，吃零食去。”

蒋书不饿，但馋了，起身跟他走。

他们绕过大半圈草坪，来到小卖部。

吴叔叔掏出十块钱。“想吃什么？随便说。”

蒋书扭捏一下，“这个、那个”指点起来。

小卖部阿姨将它们堆在柜台上。“小朋友，爷爷真疼你。”

吴叔叔绷住脸。“我不是她爷爷，她不是我孩子。我跟她一点关系没有。”

阿姨眉眼耷拉下来。像掸垃圾似的，将零头推给吴叔叔。

娃娃头雪糕有点凉，蒋书慢慢舔，慢慢走。吴叔叔领她去湖心亭。太阳未落，月亮升起，两轮金白色，贴在天空对角上。这是一天最暧昧不明的时刻。两个女孩在亭中“跳格子”。她们与蒋书年龄相仿，高壮的那一个，右臂佩戴“三条杠”。

“这么小的地方，跳什么跳。”吴叔叔说。

女孩互咬耳朵，哈哈大笑。

“到别处跳去，去，去。”拐杖吱吱摩擦地面。

“三条杠”对同伴轻语：“这是个神经病。”

吴叔叔鼻梁收紧，眼袋浮出一片蛛网似的细纹。他起身将拐杖戳向她们。“滚！”

蒋书有点难为情，扭头注视湖面。女孩们跑到亭外，大叫“神经病，神经病”，蹦蹦跳跳消失。蒋书转回脸来。亭子正中地上，画了一列格子，旁边涂有小字：“打倒孙老师。”

“小姑娘真讨嫌。来，咱们吃东西。”吴叔叔解开军包，将零食一样样摊开。

蒋书想着那俩女孩。她们迎风奔跑，仿佛一对小鹿。“我们班主任也叫孙老师。”

“管他孙老师、张老师，快点吃。”

“我吃不下。”

“怎么回事，刚才还挺馋。”

蒋书捏起一卷山楂片。“吴叔叔你吃。”

“别假客气了。”

蒋书掰开山楂片。

“皱眉头干吗，嫌我烦了？”

蒋书摇摇头，咂吧嘴，腮肉鼓进鼓出，假装吃得高兴。

吴叔叔满脸皱纹，像被渐渐熨淡了。“你要是我女儿，我天天给你买好吃的。”

蒋书按按肚子。“吃不下了。”

“嚼根泡泡糖。”

蒋书嚼泡泡糖。

"再来一根。"

蒋书又嚼一根。舌头来回拨弄，终于吹出泡泡。

吴叔叔笑了。

蒋书也讨好地笑。泡泡霎时破灭，贴在人中上。她故意笨手笨脚，撕扯泡泡糖。

吴叔叔大笑。一口痰液沿着气管，剧烈滑动，嗬嗬作声。他捏她面颊。"小胖子，我叫你小胖子好吗？"双掌一夹。蒋书脑壳生疼，挣脱他臭烘烘的手。

"不高兴了吗，小胖子，"他凑近，"叫我爸爸好吗，叫爸爸。"

蒋书往后退，退到亭柱上。吴叔叔阴影似的俯向她。

"爸爸。"她轻促地说。

"乖女儿，乖女儿，"吴叔叔捋她头发，"小胖子，你要什么，爸爸都给你，天上星星也摘给你。"

蒋书喜欢被人抚摸，他的声音软绵绵。她也有了做梦的感觉。"好的，爸爸。"

静默几秒。吴叔叔蓦然吃一惊，皱纹僵直起来，似有看不见的手，将面部皮肉由内收紧。

"你会游泳吗？"他声音抖抖地问。

"会。"

"哦，那么说，淹不死你了。"

蒋书"嗯"了一声。

“比赛爬山好吗？”他伸手一指。

湖边不远处，有座小土丘。缓坡覆着绵柏、水杉、桂花、罗汉松和平头赤松。混交林绵延向路边，直至地平线。

“我爬不动了。”

“光吃不动，会变成猪猡的。小胖子，动一动，挪挪你的小胳膊小腿儿。”

蒋书摸摸肚皮，打了个嗝。

“这样吧，咱们来比赛。你先跑到山顶，我就送你一件礼物。说说看，最想要什么？”

蒋书想了想，不说话。

“我知道，你想你妈回来，”吴叔叔笑了，“我有办法。”

“什么办法？”

“你先跑，我会告诉你。”

蒋书起身奔跑。土丘看着近，跑起来却遥远。到达山脚时，嗓子眼发甜了。“我是第一名。”树叶哗响，淹没她的呼喊。吴叔叔还是个小小影子，一瘸一拐，由远及近。

蒋书迎着他，往回走。

“不用扶我，”他推开她，“赶紧爬，赢了有奖励。”

蒋书爬到终点，腿肚阵阵抽筋，胃中翻滚欲呕。山顶用水泥砌平。几棵罗汉松扭拧着，仿佛失了方向，不知往何处生长。生锈的围栏外，是直削而下的山阴。山脚小卖部、路面凝滞的车流，对街散落的里弄房子……全都渺小如玩具。孤零零的山顶世界，只有冷下去的树叶，瑟瑟作响的残风。

吴叔叔终于上来。拐杖往石桌上一横，一屁股跌坐在石凳，慢慢蜷缩起来。

“吴叔叔。”

他合起眼皮，漏半弯眼白。喘息声像是随时会断气。

蒋书抓一片树叶，撕得只剩茎脉。

吴叔叔呼吸轻缓了，睁眼看蒋书。

蒋书说：“我想我妈回来。”

吴叔叔哼一声。一只麻雀落在栏杆上，瞥瞥这对老少，倏然飞走。他们各有心事地沉默了。万物在暮色中迅速模糊。蒋书双手背到身后，互相紧扣。

吴叔叔开口了：“你多大啦？”

“十岁。”

“哦，有福气。”

“我先到山顶的，我赢了。”

“那么，你是想见你妈喽？告诉你，见不到。她变成别人的妈妈啦。”

蒋书耳根煞红，硬邦邦道：“我想回家。”

“等等，马上送你回家。”吴叔叔站起来，走向她，拐杖和腿一起颤抖。

蒋书往旁边躲，被松树枝剐到。

吴叔叔伏向栏杆。“这山我爬过好几次。你不知道，对于一个瘸子，爬山有多难……”

蒋书瞄着山梯，想趁其不备，绕过他，飞速逃离。她犹豫不决。

“我有个女儿，比你大几岁，也胖头胖脑，大家叫她‘小胖子’。嘴唇和下巴长得像我，”他扭头瞪着她，“小胖子也嘴馋。那年头没啥吃的，就是泡饭馒头。带她吃小笼包。爷俩推来搡去，我吃了，她才肯吃。她咬破一点包子皮，吸干肉汁，蘸蘸醋。嘴唇被醋泡白了，傻乎乎对着我笑……你在听我说话吗？别走神，谁都不肯听我说话。”

“我在听。”

“撒谎！白眼狼，待你再好也没用。”

“我要回家。”

吵嚷声传来，他俩停住。三个男孩爬上山顶。蒋书想起，刚才在湖边见过，不知他们是否捞到了鱼。拎塑料桶的男孩说：“这儿有人！”扛网兜的说：“妈的，走。”扭头下山。

四周突然安静，树叶也停止骚动。

“小胖子，给你看样东西，完了咱就回家。”

蒋书不动。

“来呀，就一会儿，乖乖听话。”

蒋书咽咽唾沫，慢步过去。

吴叔叔指向山下。“喏，瞧那个……太有意思啦。”

蒋书俯到栏杆上，身体折叠，血液涌向脑袋。山腰有棵平淡无奇的树。她后背忽被摁住，上身倾出栏外。山下景物斜斜铺展，世界颠倒了。她试图抓栏杆。跑鞋甩打地面，啪啪啪，震击俩人肺腑。

“吴叔叔，吴叔叔——”

他将她继续往外推。

她奋力运气，冲破堵塞的喉咙，裂出一声呼喊：“爸——”

他瞬间失去力道。她猛然呼吸，鼻涕呛进气管。他抓住她后背衣服，往回拉。她靠住栏杆喘气。她看见一对灰黄眼珠，冻结在眼眶里。千沟万壑的面孔，发起一场大水，冲乱了五官。“这不怪我，呜呜……我想过很多次，把你从这儿推下去……妈的，干吗不把你推下去，”他用拐杖戳戳地面，磨烂了的黑色橡胶，从杖头脱出去，“还不快跑？我要改主意了！”

蒋书冲下山顶。膝盖僵冷，双腿打绊，连跌三跤。一只跑鞋丢了。泡泡糖受到震动，骨碌进食道，停滞几秒，滑下胸口。

“还不快跑？我要改主意了！”疯狂的呼喊声，似在风里缭绕不散。蒋书不停抠喉咙，抠得眼泪汪汪。泡泡糖在食道里，在肠胃内。它伺机要她的命。而她，不再怕它。

蒋书踢掉幸存的那只鞋，跨下最后一级山梯。地面寒凉，砂石硌脚，飞虫撞击踝部。一个男孩看到蒋书，面露惊讶，手里氢气球溜走了。那团红色往上一蹿，迟疑片刻，向左偏，又向右移，渐成一个红点。

蒋书又奔跑起来。跑过遛狗的男人、散步的夫妇、拉二胡的老头，跑过湖心亭、草坪、小卖部……她越跑越快，将整个童年甩在身后。

下篇

24

那一年被迅速推往记忆深处。

林卿霞离婚后，被野猫抛弃；她又有过几个男人；四十五岁生日，做了肾结石手术；孤身住在老房子，等待遥遥无期的拆迁；她心脏开始出问题，每天给亲友打电话，抱怨打鼾、肩膀痛、消化不良……这些是二舅妈说的。蒋书曾给外甥做家教，每周去他们家。

蒋书和母亲，一两年见次面。林卿霞化妆，烫发，隆重而生疏。

“最近怎样？”蒋书问。

“好极了，”林卿霞总是回答，“一切好极了。”

她们聊聊天气和明星八卦。林卿霞追着问，她有没有显老，是不是胖了，皱纹明不明显。她开始喜欢韩剧。弄堂口新开音像店，她办一张会员卡，每天租碟看。“我总觉得，藏着个按钮，轻轻一按，生活会像电视剧似的停住；再一按，倒放到很久以前。”

“倒放回去干吗，还没活够吗？”蒋书说，“多看韩剧，看着看着，一辈子就过掉了。”

偶尔，林卿霞想到问：“你爸好吗？”

“他就那样，老样子。”

“你好吗？”

“我也很好，好极了，”蒋书顿一顿，补充道，“男朋友也很好。”

25

蒋书和杨天亮相识于大二。双方寝室联谊，四男四女，去学生活动中心唱歌。一半时间是沈盈盈在唱。她三根指头捏话筒，举重若轻的样子。一手忽而甩出，忽而捂胸，惹得男生纷纷鼓掌。朱晓琳凑到蒋书耳边，说：“瞧那骚劲儿。”她早早走了，说是有事。沈盈盈对一个男生解释：“朱晓琳是学习狂人，肯定背英语去了。”

蒋书只点了一首。轮到她时，众人已倦怠，聊天的，吃东西的。沈盈盈夹坐在男生当中，不时爆出一串笑声。

前奏开始。蒋书慢半拍，一慌，又找不到调。角落里站出个男生，拿起另一支话筒。他瘦得并不拢腿，嗓子却厚重。蒋书被男中音一托，顿时唱安稳了。“哎哟往着胸口拍一拍呀，勇敢站起来，不用心情太坏……”她瞥瞥男生，男生也正好看她，小眼睛一闪一闪。

后来，杨天亮告诉蒋书，她认真唱歌的表情让他感动。“我最喜欢《笨小孩》了，”他说，“我就是笨小孩啊。”

杨天亮是温州人。幼年温州常发大水，一村人出去讨饭。杨天亮说：“我现在还做梦，房子在水上漂，妈妈姐姐满脸血。我在梦里饿得要死。你是上海人，不知道啥叫饿得要死吧。”

“什么？”

“整个人是空的，已经不是人了。”

“不是人了？什么意思？”

“就是变成一个动物……不，动物都不如，一堆皮，几根骨头，见什么都往嘴里塞……嗳，我表达不好，你听明白了吗？”杨天亮眨巴眼睛。睫毛稀短，沾染点点泪珠。

蒋书觉得，他看起来可笑又可怜，最终还是更可怜。“行了。”她说。

他肩膀瘦伶伶抵过来，领口落满头皮屑。她推开他。

有那么几晚，她也梦见发大水。积木似的房子浮来撞去。杨天亮母亲站在房顶，挥臂呼喊。蒋书从未见过杨妈妈，但知道她是。一身补丁，满脸横肉。大水没顶，依然能够呼吸。蒋书意识到是做梦。她在杨天亮的梦境里。

沈盈盈说："杨天亮也太土了，干吗和他谈恋爱。"沈盈盈的男友张超，中文系大三学生，校学生会文艺部副部长。他的摇滚乐队每年校庆献演。张超抱着吉他，卷起牛仔裤裤腿，醉酒似的甩头发。台下女生尖叫。沈盈盈屁股挪来挪去，仿佛坐在烙铁上。突然捏住蒋书，颤声道："告诉你哦，我和张超睡过觉啦！"

蒋书觉得，这样五官灼灼发光，才是热恋的表情。她从未体验过。和杨天亮交往两个月，她刚刚习惯并肩而行。他比她略矮，肩膀也更窄。有人回头看，她就绷起脸，走斜开去。过了片刻，他才发现："咦，你到那边去啦。"

沈盈盈问："你们打过 kiss 吗？"

蒋书假装没听见。

沈盈盈又问。

"你打过吗？什么感觉？"蒋书反问。

床架吱咯响。沈盈盈爬到下铺，钻进蒋书帐子。她肌肤冷腻，像一块刚用过的肥皂。

"你们做过爱吗？知道做爱的感觉吗？"她勾住蒋书。蒋书退到墙边，只能由她勾着。"书书，做爱的时候，整个人就像……被火烤着。"

"舒服吗？"

"疼，每次都疼。心里面舒服。做爱以后，感觉不一样了。"

“当然不一样了。”

“不，不是你理解的那样。”沈盈盈顿了顿。

其余室友在假寐，呼吸伪装得过于均匀，唯恐一有错乱，引得沈盈盈警觉。蒋书静静等待着。沈盈盈松开手臂，翻了个身。原来已经描述完了。

26

沈盈盈问：“你为啥不嫉妒我？女生都嫉妒我。”

蒋书答：“也许我悄悄嫉妒呢。”

“不可能。记得新生报到那天吗？你提醒我，说经血沾在裙子上了。当时好些女生呢，肯定都在幸灾乐祸。”

经血的事情，蒋书不记得。她记得那天，沈盈盈穿海魂衫、喇叭裙。走路故意晃脑袋，使得长发飘摇。校门口迎新的学兄，争着送她来宿舍。父母也来了。带着脐橙、干辣椒、蛋苕酥、脆皮肠、白菜豆腐乳、新都桂花糕……塞满女儿的柜子，又占据朱晓琳的抽屉。朱晓琳后来抱怨：“每学期都来，宝贝长，宝贝短，欺负我家里没人疼是吧。”

沈妈妈个子小小，髻旁戴粉色花饰。一边整理东西，一边嗑叨成都话。母女语速急促，听着像在打乒乓，叮叮咣咣，来回扣杀。沈父沉默不语，反剪双手，来回走动。忽而捻捻窗帘，忽而转转门锁。他看着像个当官的。

“我只有你一个真朋友，别人都嫉妒我，”沈盈盈追问，“你究竟为啥不嫉妒？”

蒋书不耐烦了，“因为你不够漂亮”。

跟林卿霞相比，沈盈盈的确不够漂亮。她只是年轻。糯米团子似的脸，让人馋得想掐一把。傍晚时分，这张脸开始升火，双颊白里透红烤着，小鼻子小眼儿像要被烤化。跟娃娃脸相匹配，沈盈盈身材也似没有发育。当她摘除海绵胸罩，换上粉红睡裙，躺到那条经年不换的被子底下，被面依旧平坦不变。蒋书唯一认为漂亮的，是沈盈盈前臂内侧的静脉血管。它们宛若蛋青色网状叶脉，从纸一样的皮肤下透出来。让她联想肉体脆弱，从而心生怜悯。

一个人的好运气，不该浪费在长得漂亮上。蒋书时常回想林卿霞，每一次失误，每一个陷阱。她对即将展开的人生感觉惶恐。林卿霞向左，她就向右。她吃得胖胖，她找个平庸的男友，她表现得老于世故。

蒋书在校期间，蒋伟明探望过两次，说：“读书辛苦吧，你瘦了，像你妈了。”他让传达室阿姨叫女儿下来，站在楼门外，聊会儿话。他眼神打飘，不断留意进出学生。待他走后，蒋书打开袋子，看一眼苹果，说：“阿姨，我不拿上去了，你吃吧。”

晚上熄了灯，蒋书在盥洗室照镜子，觉得没瘦，也不像林卿霞。或许蒋伟明只是找机会，提起这个名字罢了。她泡了两包方便面。一边等待面条软热，一边捏玩腰间赘肉。脂肪是蒋书的壳，层层围裹她，保护她。

沈盈盈不搭理蒋书。几天后，忍不住问：“你说我不漂亮，到底什么意思。”

“开玩笑呗。”

“我不喜欢这种玩笑。”

她终于原谅蒋书，邀她观看张超演出。结束后，去学校后门小饭馆庆功。三名男生骑自行车，三名女生坐书包架。蒋书分配到乐队鼓手，一米八三的大块头。张超开玩笑说：“只有他驮得动你。”

春天熟透了，甜腻腻的。张超一路唱歌，自行车歪歪扭扭。“姑娘姑娘，你漂亮漂亮。警察警察，你拿着手枪。你说要汽车，你说要洋房，我不能偷也不能抢，我只有一张吱吱嘎嘎响的床，我骑着单车，带你去看夕阳……”蒋书以为是张超写的。歌里有股不管不顾的痛快劲儿。

他们上一座桥。骑至桥顶，胖鼓手吼道：“坐好啦！”松开车龙头。突如其来的失重让蒋书灵魂出窍。风儿鼓起衣服，吹乱头发。绿的红的黄的树叶子，满眼亮闪闪窸窣。沈盈盈又笑又叫。她已滑下桥头，整个胸脯贴到张超背上，一双大腿甩来甩去。

那个瞬间，是沈盈盈最快活的时光，也是蒋书的。她们拔离泥沼般的现实。飞翔，飞翔，向上，向上。万物轻盈而自由。蒋书的世界，“哗”地敞开了。沈盈盈坐在书包架上，扭头回望蒋书。她那么洁白，那么柔软，笑容像个孩童。

27

杨天亮参加小实习，去一家外贸公司。为方便上下班，在徐家汇租房。蒋书问："这样的地段，还租二室一厅，你哪来的钱？"

"问姐姐要啊。"

杨天亮爸爸生癌早亡。妈妈被一个舅舅带着做生意。姐姐照顾杨天亮。两年前，姐姐嫁人。老公出轨，还打她。她想离婚，妈妈说："天下男人一个操行，屁大的事也离婚，日子没法过了。"

"你妈很有钱吗？"蒋书问。

"还行吧，生意可能做得挺大。我平时都见不到她。"

"姐姐呢？"

"姐夫挺有钱。"

蒋书不语。

杨天亮顾自吃鸡腿，吃得一嘴油腻，抬头问："你怎么不吃，薯条要不要？"

蒋书想说：你是有钱人，我高攀不起。勒住舌头，扭过脸去。一股隐秘的自卑感，转为自卫似的愤怒。窗外在下雨，马路仿佛下水道堵塞，堆满车辆行人。蒋书希望什么人倒霉。发生一场车祸吧，撞断谁的腿，撞毁谁的车。

直至他俩走出肯德基，这个世界平安无事。雨水渐微渐止，路灯光渗过树杈，浸没万物，显出劫后余生般的温柔。蒋书看看身边男人。他的面孔被照成姜黄色，五官线条舒软了，熟悉里有些陌生。蒋书伸出一只手，插进他的臂弯。

杨天亮问："你想去哪儿走走？"

"不想走，地面都是湿的。"

"那……咱们躺会儿去？"

这样的要求，杨天亮提过几次，蒋书始终装傻。此刻，内心有什么东西改变了。她听见自己说："好的。"

避孕套不知在抽屉里预备了多久。杨天亮用掉两只，才搞清正反面。被子又潮又薄，雨后的空气，有股烂纸头味道。楼上在弹钢琴，结结巴巴的《土耳其进行曲》。不时停下，"嘎嘎"拖动琴凳。

蒋书仰面摊着，像和陌生人打完羽毛球，有点累，有点无聊，也无所谓以后打不打。

"胖狗熊，原来你也是第一次，"杨天亮摸摸她，"我爱你，我会对你负责的。"

蒋书笑一声。

"笑什么？"

"你忙你的，别赖在我身边。"蒋书扯开他的手，闭起眼睛，不想看他的光身体。

杨天亮套好短裤，坐到电脑前。左脚踩住椅面，整条腿拧成三角。他开始打游戏。肩胛骨状若犁头，在皮肤下滑动。

“我要回去了。”

“为啥呀，这么晚了。”杨天亮转动脑袋，耳郭微微颤动。

“衣服晾在外面，想回去看看。”

“可是……”他想了想，“好吧。”

水塘映出残光。通往地铁的方向，商铺渐次熄灯。环卫工人拖着泔水桶，从饭店后门绕出。路边一堆堆等出租的人，像潮气里长出的蘑菇。车辆稀少且慢，仿佛疾驰一天，纷纷懈怠了。

蒋书新买了防水旅游鞋，羽绒服扎扎实实挡风。脚趾干燥，脖颈温暖，齿间有玉米余香。身体的每个部位熨帖不已。杨天亮走在前方，耸着肩膀，胳膊甩得很开。这是蒋书熟悉的样子。他在越走越远。她蓦然惶恐。“杨天亮，杨天亮！”

“怎么啦？”他反身奔向她，“还在疼吗？”

“杨天亮，你不要我了吗？”

“出什么事啦？”杨天亮蹭蹭她的脸。

“爸爸不要我了，妈妈不要我了，你也会不要我！”

“我要你，我要你！”杨天亮背光而站，一脸阴影。

蒋书辨认他的五官，渐从不真实感中恢复。“没什么，”她松开他，“逗你玩呢。”

杨天亮抓住她的手。她反捏他。他的手窄窄小小，犹如动物爪子。“到底怎么了，好像不大对劲。”

“我在想我的妈妈。她叫林卿霞，天下第一美人。她从没真正爱过我。”

“林青霞？第一美人？什么意思？”杨天亮脖颈细伶伶钻出领口。脑袋似一枚风向标，冷风扇打之下，仿佛随时会转动起来。“别乱开玩笑，妈妈总是爱孩子的。”

蒋书肺部像被扯了一下，冷空气灌满胸膛。她将自己的手，从他手里抽出。“你知道吗，沈盈盈说你丑，你是她见过的最丑的男人。”

28

到了毕业季，校园冷清起来。杨天亮论文答辩结束，正式上班。母亲让他做生意，不肯。让他去老乡的公司，也不肯。杨天亮说：“我自己找工作，我要独立。”他找了个私人老板，公司只他一名员工。扫地板、换水桶、收传真、做图纸。老板有亲戚是国企负责人，每年派些广告生意，做几个样本。杨天亮是学金融的，会一点制图。老板夸他老实勤奋，建议他学开车，以后把司机也兼了。

蒋书每周两三场招聘会。排队、填表、等待。新买的人造革船鞋，将双脚磨得血淋淋。朱晓琳说：“我们这种三流大学，学的是文秘，找工作本来就难。你还吃得这么胖，穿得又寒碜。我是人事部的，也不会要你。”

室友陆续找到工作搬走。宿舍满地废纸，哗啦翻扬。熄灯后，床底老鼠嚓嚓作声。对楼男生唱歌，骂娘，砸酒瓶。蒋书心悸失眠，大把掉头发。

杨天亮说："搬我这儿吧，工作慢慢找，我养你。"

蒋书决定，先提高英语，考几张证书。她要找个好工作，然后学习化妆，买点像样的护肤品，添置几套名牌衣服。她要鲜亮地参加毕业周年聚会。倘若朱晓琳惊呼："啊，你变了。"蒋书会宽宏大度笑起来，一举赦免她的有眼无珠。

杨天亮帮忙买托福词汇书、《新概念英语》，还有一台收听国际广播的德生收音机。蒋书制订学习计划，贴在电脑台前。她给自己三个月。

清晨，蒋书被微波炉的"叮"声吵醒。杨天亮踢踏走动、窸窣吃东西、哗啦整理公文包。房门"嘭"地关上，她重新入睡。十点多饿醒，瞪着天花板，想象各种食物。熬不住了，起床泡两包方便面，加肉肠和酱蛋。边吃边上网，不觉过了午后，又感困乏，猛灌速溶咖啡。做完家务，已近黄昏，翻开单词书没多久，又该做晚饭了。

杨天亮加班到七八点，进门将拎包往沙发一扔，闷头吃冷掉的饭菜。

蒋书问："怎么回来越来越晚？"

"事儿多。"

"什么事？"

"嗯。"

“我在问你什么事呢！”

杨天亮瞅瞅她：“别闹好吗，累。”

直至扔掉碗筷，开打游戏，杨天亮重新神气活现。蒋书收拾厨房，看半张影碟，躺到床上去。一天又荒废了呀！她在负疚感中煎熬片刻，浅浅睡去。

及至半夜惊醒，面对黑暗，蒋书再次感到年华虚度的惶恐。她摸索杨天亮的胸脯，身体整个贴上去。他肋骨凸显，硌得她疼。她抠他乳头下的黑痣。他抽手抱她。另一手掖好被子，哄婴儿似的拍她。呼吸喷在她脑门上，有中华牙膏的香味。

蒋书摇醒他。“妈妈不要我了，爸爸不要我了。你会不会不要我？”

“不。”

“什么意思，是不要我，还是不会不要我？”

“要你。”

“那下午为啥不接电话？”

“忙。”

“有那么忙？私人老板，又不是外企。回家就打游戏，可没见多忙。”

杨天亮不响。

“还有，QQ上那个‘小兔儿乖乖’是谁？问你最近干吗。你在干吗，关她屁事，”蒋书等了等，“说话呀，心里有鬼吗？”

“是个老同学。”

“什么老同学，我怎么不知道。”

“你待家里太闲了吧，想那么多！”

蒋书觉得耳膜震动。“吼什么吼！”她扯开他的胳膊。

杨天亮手一偏，摸到一撮湿头发，咦了一声，重新抱紧她。“行啦，胖狗熊。”

蒋书拱起屁股，将他顶出被子。杨天亮掰她肩膀，奋力靠近。俩人较了会儿劲，蒋书妥协了。

“我又老又丑又胖，找不到工作。这辈子完了。”

“唉，又来了……你才几岁，我也会老的。”

“男女不一样。男人越老越值钱。”

杨天亮抽出手，翻身背对蒋书：“我困得要死，你每天睡懒觉，我得六点起床上班。”

“你打游戏倒不困？”

杨天亮不答，往床沿挪了挪。豁出一条空隙，风灌进被子。蒋书贴过去，填掉空隙。她从后面裹住他，面孔埋进他的头发。仿佛童年时，搂抱母亲睡觉的姿势。

29

杨天明脑袋小小，埋在一头栗棕色烟花烫里。进了门，和杨天亮拥成一团，摇摇晃晃，几乎站立不稳。蒋书倚着客厅门，看着。

杨天亮给两个女人做介绍。杨天明扫一眼蒋书，点点头，冲向里屋。“呀，这么多灰。”“被子多久没洗了？”“平时吃什么呀？”蒋书缓过神，给她倒了杯水。

杨天明扎进沙发，杨天亮挨着姐姐坐。杨天明劈头盘问姓名、年龄、籍贯、专业。蒋书不自禁挺起背脊，双手插到大腿间。

“文秘？”杨天明说，“这算什么专业，出来做秘书吗？”

“可以做秘书。”

“那你在做秘书？”

“我在找工作。”蒋书挪挪屁股。电脑椅吱嘎一声。

“毕业那么久，还没找到啊。有兄弟姐妹吗？”

“没有，就我一个。”

“独生子女不容易合群……你爸妈做什么的？”

“工人。”

“为什么不住爸妈家？还没结婚，就跟男人一起。现在女孩都这么开放吗？”

蒋书双手垫到大腿下面，耸起肩膀，晃动身体。

杨天亮说：“她爸妈离婚了，她没家。”

蒋书瞪他一眼。

杨天明说：“父母离婚的小孩，心理都不健康，缺乏安全感。”

仨人沉默。

杨天亮端起水，摸一摸：“凉了。”递给姐姐。

杨天明推开。“工作是不好找，可以先当营业员，或者钟点工。年轻人姿态放低点，吃点苦，总比晃着好。我还押过煤车呢，一天下来，除了眼白，全身都是黑的。苦吗？苦。但我自食其力。”

蒋书盯住地板，脚趾夹着拖鞋，晃来，晃去。

“你在听吗？”

“嗯。”蒋书一甩脚，拖鞋滑到沙发前。杨天明冷眼看那只鞋。

杨天亮将鞋踢回，说：“姐，吃肯德基吗？”

杨天明不理他。“我弟刚毕业，工资也低。不是家里补贴，能租这么大房子？每月往他卡里打钱。我三千，他妈五千。我们养他，他又养你。”

“我会找工作的，马上。”

“姑娘，我是为你好，你以后就知道。”

蒋书看着她。

杨天明说：“这是什么眼神，不服气吗？”

杨天亮又说：“姐，吃肯德基吗？”

杨天明挪离几寸，使得注视弟弟时，头颈不至于过分扭曲。“别整天吃吃吃。你是男子汉，得严肃思考生活，否则糊里糊涂，就混到邪道上去。不说了，来气，我走了。”杨天明起身。

“真不一起吃饭吗？”杨天亮也站起来。

蒋书跟着他们。杨天明牛仔裤后贴袋上，缀满玫红闪光片。

那样的小个子，却有一只秤砣似的屁股，增添了不怒而威的分量。她靠在门口，拉住弟弟，絮叨体贴话。两张薄嘴唇，忽而噘起，忽而豁开。蒋书觉得，它们像是做坏了的小笼包子尖。

终于，杨天明走了。杨天亮关上门，叹口气。蒋书贴过去，“你姐太过分了！”

杨天亮默默注视蒋书，眼珠深处有什么东西，像拉一盏灯似的熄灭了。蒋书拍他一下。他掸掸被拍的地方，说：“快找工作吧，随便什么都行。”

30

蒋书很快找到工作。实习月薪五百，转正后八百。杨天亮说：“我姐没错吧，只要心里愿意，找工作还不容易。”现在杨天亮常提“我姐”。蒋书每次讽刺：“你越活越小了吗？”

杨天亮想给她买职业装，蒋书说不需要。自己网购了小西装和包臀裙。穿过一天，退还卖家。——裙围过于紧小，绷得呼吸艰难，还成为追赶公交时的麻烦。更何况，蒋书发现，根本没人介意她上班穿啥。

这是一份电话销售工作。朝九晚六，周日休息。“喂，您好，这里是鼎天下公司。”每天重复几百遍。老板常常视察，在门口一站半小时，搞得没人敢上厕所。还抽背《员工注意事项》。“说话热情一点，但别像求着人家。语速要慢，否则听不清；但也别太慢，客户会没耐心……”后排麻脸女孩，背着背着，突然哽咽。听说是老员工，时间久了有点抑郁。

中午，蒋书拒绝同事聚餐。两袋速溶咖啡，一块压缩饼干。躲在位子上，小口刨啮。吃完，到走廊透透气。窗垢斑驳，窗外路面满是汽车，仿佛一块一块铁皮，静止在传输带上。车里的人物，渺小到面目不辨。蒋书幻想着抽身而去，融入渺小之中。这样的厌倦低落，往往持续到傍晚。

工作了两个月。一日给客户打电话，对方劈头骂道：“傻逼传销公司，才几点啊。让不让人睡觉？没人操的贱货！”

蒋书压低声音回复：“白痴，吃屎去吧！”

下午，老板召蒋书去他房间，将劳动手册和打印好的辞职书扔在桌上。“知道得罪一个客户，损失有多大吗？我看你自己才是白痴、吃屎。”他孵在紫檀大班台后面，眼袋潮红，鼻尖一粒疥子，锃锃发亮。

蒋书想起杨天明的大屁股，以及它在屋里移动时引发的压抑感。但她很快什么都不想。“陈老板，我不知道谁打小报告。您误会了，我想解释……”

“你有屁资格解释，赶紧签字走人。”

“您违反《劳动法》了。”

“当然违反了。去劳动局告我呀，看人家理不理你。”

蒋书感觉颈窝血管怦怦直跳。“你是在剥削廉价劳动力，我早就不想做了。”

屋内忽然静极。窗外一记急刹车，橡胶轮胎摩擦地面，制造出嘶哑绵长的声音。

老板说：“你这种脾气，以后会吃大亏的。”

31

蒋书清理从公司带回的杂物。它们看起来寒酸卑微，令人羞愧。杯沿豁裂的水杯，脱筋的备用头绳、肮脏的鼠标垫、快用完的护手霜、压碎了的苏打饼干、一页不知怎么夹进来的客户信息表……还有一只塑料台钟，外壳灰旧了，底部豁一条缝。那是后排麻脸女同事送的。她追出来，把它塞进蒋书拎包。“亲爱的，你真有勇气，我也不想做了。以后有工作机会，我们互相介绍。”她们互存姓名号码。蒋书这才知道，麻脸女孩也姓蒋，名字像个男的，叫蒋呈武。她陪蒋书等电梯。层层停顿的指示灯，使蒋书产生难忍的尿意。电梯终于“叮”一声。蒋呈武用力握她的手。

蒋书把塑料钟放在写字台上，又放在餐桌上，最终扔进五斗橱。“你评评理，姓陈的过不过分，明明是客户先骂我……喂，你在听吗？”

杨天亮嗯一声，眼睛仍盯住电脑屏幕，嘴巴斜斜撇着，看起来有点蠢。

蒋书继续抱怨，电话销售工作带来种种屈辱：一个客户骂她

“生儿子没屁眼”；另一个将话筒贴到音箱边，震得她左耳短暂失聪；还有一个女的，问她是否未婚，接着痛斥小三：“你们这种年轻姑娘，不好好结婚，最喜欢勾搭别人老公！”

她停下来，等他安慰。等了一会儿，大声道：“我没工作了，你却只知道打游戏。”

杨天亮移视蒋书，慢吞吞道：“你不该冲客户发火。挨骂很正常，我每天不知挨多少骂。”

“我觉得没尊严。”

“尊严能当饭吃吗？你总是抱怨，好像全世界欠了你。为啥不想想自己的错呢？”他目光越过蒋书肩膀，停在她身后墙面上。

“我有什么错？”蒋书噎了噎，“你说起话来，越来越像你姐。”

“我姐怎么啦？”

“你不考虑我的感受。”

“哪有啊？”

“你跟蒋伟明、林卿霞一样。嫌我胖，嫌我穷，嫌我不讨喜。”她瞪着杨天亮。这是个多丑的男人！面颊内抠，双耳招风。他的青灰两用衫，是蒋伟明年代的式样，大了一号，肩部斜斜塌垂。感情平稳时，她觉得他勉强顺眼。每次吵起架，她都像发现新事物似的，重新发现他的丑陋。

“又来了。”丑男人转过身，回到电脑游戏前。

他背影也丑。夏天光膀子，肩胛骨状若犁头，在皮肤下滑动。

冬天羽绒服使他背影魁梧，像个米其林轮胎先生。他左脚踩住椅面，整条腿拧成三角。手边一听可乐、一罐鱼皮花生——这是他最爱的饮料零食。他抓住鼠标，逃离蒋书，进入另一个世界。

蒋书拧拧衣摆，仿佛那是什么人的皮肉。杨天亮在漠视她的痛苦。林卿霞漠视她，蒋伟明漠视她，唐彩凤、孙健、吴叔叔……生活所有的恶意，犹如阴沟堵塞，从最污浊的深处翻涌起来。她盯住杨天亮后脑勺，用目光射杀他。

“丑八怪，”她听见自己说，“我要搬出去住。”

杨天亮不动，不语。屏幕上两个小人，腾挪跳跃，刀枪互砍。

突然，“乒乒乓乓”的音响停止了。杨天亮低吼：“妈的，又死掉了！每次都这样！”

32

朱晓琳在同学QQ群里寻室友。她租在靠近市中心，两室一厅。前室友是网上找的，白净寡言，相貌老实。一日，老实姑娘蒸发了，卷走她的钱包、手机、笔记本、半瓶香奈儿香水，以及一只日本带来的隔水保温电饭盒。

“谁愿意跟老娘同居？男女不限，”朱晓琳发帖说，“房租我出一千七，你出一千三。这年头全是小偷强盗疯子，还是老同学靠谱，妈的。”

蒋书闲极无事，想起这条旧帖，给朱晓琳发短信：“找到室友没？”

她心安理得懈怠了。每天逛论坛、看八卦、下载穿越小说。她把脏衣服堆在水斗边，买了一箱方便面。杨天亮回来后，她嘭嘭甩门，哗哗拉抽屉，还将电视开到最大音量。

已经过去一星期，这是前所未有的。以往吵完架，杨天亮迅速道歉。蒋书怀疑他姐背后挑拨，还怀疑公司里有情况——杨天亮上月说起，老板招了个女同事。蒋书问漂不漂亮，杨天亮说：“有点像杨幂。”蒋书说：“鞋拔子脸，难看得要死。”

更多模糊不定的细节硌着蒋书：杨天亮回家越来越晚，几次躲进厕所接电话，玩游戏开着QQ窗口，在她经过时迅速关闭。

蒋书跑到阳台，将杨天亮的破袜脏裤扔出去。它们纷纷如旗帜，坠在底楼灰绿色波浪瓦雨棚上。一只袜子偏飞，被树枝抓住，孤零零颤动。另一只悬在二楼晾衣钩上，与它的配偶遥相呼应。它们是淘宝卖家搭送的，灰底白字绣着“我爱你”。杨天亮起初不肯穿，说“明明是女人的袜子”。

杨天亮很久没说“我爱你”。蒋书也从不说。从没有过心跳、害羞、想念。她像在吃米饭，吃不到会饿，但给一份面条，照样津津有味。她和林卿霞一样，她们只是需要别人。而究竟什么是爱呢？

蒋书打开电脑，连看四集《我叫金三顺》。她和林卿霞有了共同爱好：韩剧。她们能够躲进别人的生活，喘上那么一口气。

如果能暂停、倒退、快进，蒋书愿意瞬间跳到八十岁。八十岁的蒋书，不比别人丑，不比别人穷。她和他们是平等的。

七点半，杨天亮回家。可能见过客户，深红羊毛衫外，套一件普蓝色仿呢料西装。西装一脱，一甩。扑到沙发沿上，停滞片刻，缓缓滑坠在地。他打着嗝，拿出新买的 PSP 游戏机，往懒人沙发里一孵。“卫生纸用光了。”

蒋书没动静。

杨天亮又说：“厕所卫生纸没了。”

手机铃响，是朱晓琳。蒋书说：“现在不方便，待会儿打给你。”

杨天亮跑进里间，问：“谁的电话？”

蒋书说：“你不是跟我搞冷战吗？”

“没有啊，”杨天亮嚅嚅嘴，“吃香蕉吗？”

“不吃。”

“吃一根吧。”

蒋书扭过头去。如果他再哄一次，她就原谅他。

杨天亮抓抓脑袋，“我吃根香蕉去”。啪嗒啪嗒走到厨房。咔嚓咔嚓吃东西。啪嗒啪嗒回到客厅，“嗳”地摊进懒人沙发。打了会儿游戏，猛然抬头看见蒋书。“吓死我了，你什么时候出来的，一点声音都没有。怎么啦，不高兴了啊。”

蒋书扔出一卷卫生纸。撞到墙壁，弹在地上，拖出一段雪白，径直到电脑桌底。她经过他，带起一股风。他往后缩，仍抓着游戏机。她推开椅子，趴在地上，伸手去够。他想说：别碰到网线。忍住。

蒋书起身时面孔充血。她将卷纸塞给杨天亮："你慢慢玩，我要搬出去了。"

33

朱晓琳租的是八十年代老公房。外墙发霉，楼间距窄到照不进阳光。弄口转门布满红黄铁锈，自行车出入常被卡住龙头。小区路面肮脏，砖坛满是枯草，一股尿臊味。草间散着垃圾、塑料袋、干硬的狗粪便。蒋书搬来第一晚，朱晓琳在弄口小餐馆请客。菜肴又咸又油，还从煮干丝里吃出一爿指甲。

朱晓琳说："你怎么啦，不好好找工作，跟男友闹矛盾。"

蒋书说："你怎么啦，住得这么差。"

"我不愿在这方面花钱。上月刚买了一套阿玛尼。瞧我的LV拎包，虽然是仿的，也要几千块。跟你说过，得先提升形象，才有工作机会。"

"我有工作机会，马上有。"蒋书含糊说着，喝光茶水。抿抿嘴，茶渣在齿间咯吱。她瞥朱晓琳一眼，低头摆弄手机。有条银行系统短信，提醒汇入四千元。

饭罢回住处。钥匙卡在锁孔里了。朱晓琳转一圈，骂一声

"Shit"。突然停下，在高仿LV包里翻手机。语带笑意地接电话，"嗯啊"一番。挂断的瞬间，面孔又板住。"操你妈的破锁，跟房东老太婆说多少次了，让她换一把。"蒋书不敢吱声。

钥匙终于拔出。朱晓琳说："刚刚Boss找我，有急事，得出去一下。你整理整理。WiFi密码在冰箱门上。饮水机没法制热，得用水壶烧。另外，卫生间别弄乱，等我回来洗澡。"

朱晓琳自用的抽屉、橱门、台盆柜，都上锁了。蒋书带来四箱东西，统统塞进壁橱，纸箱扔到门外。邻居马上来敲门，说她占用过道。又将纸箱移回屋里。洗手，喝水，拿出上网本，坐到方桌前。

客厅日光灯管两头发暗，嗞嗞作响。白里透蓝的灯光，笼出一层衰颓之气。墙面布满擦痕、裂纹、水渍。一只微微变形的帆布衣橱，像要倒向旁边真皮沙发。沙发百孔千疮、泡棉外泄。经过人类臀部的万千次挤压，再也无法维持作为一件高档家具的体面。

网速缓慢，MSN终于连上。三四个人在线，杨天亮也在。

蒋书问："你在家还是公司？"等了等，又说，"我安顿下来了。"

对话窗那头沉默。

"四千元是你汇的吧？让你别给钱，我不稀罕。"

仍无回应。

蒋书激动起来，一连串输入："说啊，干吗给钱。巴不得我搬走是吗？装什么好人，以为有恩于我吗？你说话啊……"

杨天亮突然下线。

蒋书"嘭"地站起，又坐下，又站起。对墙一只米老鼠椰雕，斜挂在棉线上，朝她似笑非笑。她冲过去，将它甩出窗外。回声跌宕，"啪——啪——啪——"，仿佛椰雕在反复砸向地面。

34

蒋呈武来电，说有份卖时装的工作。蒋书不想做营业员，"好歹我也是大学生，至少坐坐办公室吧"。

"不是营业员，是店面销售员，很锻炼能力的，"蒋呈武说，"台湾人开的公司，年末让大家免费台湾游。"

蒋书想起台湾，那个有蛋黄月饼的地方。她心动了。

交完制服押金，蒋书才知道，底薪并非承诺的二千，而是一千八。完成销售额才有提成。这个对外宣称的台湾公司，是温州人开的，请了个大连设计师。喜欢在胸部镶缀珠片，或者添加花边褶皱。版型宽大拖沓，仿佛对松弛的臂、粗壮的腿、层层下垂的肚子，有一种欲盖弥彰的怜悯。这些衣服适合中年发福，又不甘衰老的女人——比如林卿霞。

蒋书上班第二周，商场外墙大修。尘土飞扬，噪声纷扰。两个月后，脚手架拆除。开始一场雨，一场寒。销售额继续下跌。

店长说："零售这个行当，是靠天吃饭。不过卖得好不好，最终取决于你们。"

店长姓马，四十来岁，眼睑肥厚，一双眼珠嵌得过深。她禁止聊天、玩手机。有店员站累了，靠在墙上，她就呵骂："大腿伸不直吗，昨晚跟男人干啥去了！"每天中午，她让姑娘们站成一排，在店门口训话。

"有没有信心？"

"有信心！"

"好不好？"

"好，很好，非常好！"

蒋书第一次经历训话，禁不住闷笑，被扣五十块钱。想辞职，受蒋呈武劝阻。"现在工作多难找。公司帮着交三金，又是做一休一，算不错的了。"

"做一休一"，让蒋书能够隔天睡个懒觉。起床吃泡面、逛论坛、看韩剧，跟杨天亮网聊几句。他回复简短且慢。"我在开会，回头找你。"蒋书怨他冷淡，阻止了他。他的MSN小绿人标志，被打上红线封条，依然上上下下，有时显示"忙碌"状态。某日，她发现他换过头像照。应是新拍的，穿着白衬衫，倚在办公桌前。更瘦，显老，看着有些陌生。

蒋书还在网上发现小学同桌。微博加V，认证为"韩小兵，媒体人，著名驴友"。十几年过去，脸长了，眼细了，板寸头，名牌T恤，依旧是那个韩小兵。他成了互联网精英，主持一家摄影网站。蒋书发送“求关注”信息：“你是凤阳路三小的韩小兵吗？我是你的小学同桌蒋书，记得我吗？”对方没有搭理。

35

周四，杨天亮打来电话：“明天吃饭吗？”他简短地问。

“好。”蒋书简短地答。

翌日下过雨，路面灰得很深。傍晚出一点太阳，稀拉拉的。门外人流壮大起来，偶尔有人瞥一眼服装店，又扭过头去，匆匆赶路回家。马店长几天没上班。蒋呈武留言告诉蒋书：“据说她小产了。”

“小产？”蒋书回复，“以为她早绝经了呢。”

留言簿是蒋呈武放在更衣柜里的。她们现在不同班次，经常假装做销售记录，互相留言聊天。蒋呈武小道消息多，她还告诉蒋书，经济不景气，总公司准备裁员。

“裁多少？”蒋书写道，“马老太应该第一个被……”

有人推推她。蒋书抬起头。杨天亮站在门口，拎公文包，鼓囊囊的腋窝下，夹一把粗长的黑伞。他耸着肩，东看看，西看看，伞尖随之来回擦碰树脂模特儿身上的百褶裙。同事问：“男朋友？”咧嘴一笑。蒋书被刺痛了——杨天亮看起来，不是一个体面男友。“普通朋友而已。”

蒋书提前下班，让同事帮忙打卡。杨天亮带她吃西餐。黄瓜和胡萝卜条，犹如花卉一般，插在玻璃瓶里。意大利面的奶酪味很足，提拉米苏甜度刚刚好。他们聊几句，吃一口，偶尔在窗玻璃倒影里对望，又迅速各自移开视线。

“你瘦了，”杨天亮说，“穿那套蓝色店服，是个职业妇女了，很好看。”

“没你那个像杨幂的女同事好看。”蒋书脱口而出，旋即吃了一惊。她也不明白，为何总是对他怒气冲冲。

杨天亮抬抬眉毛，喝一口罗宋汤，汤勺在瓷盅里刮磨。他们不再说话。

饭罢出门，又下雨。漏过汽油的街面，被路灯光反射出一摊摊七彩。蒋书皮肤黏腻，腕部起了大片红疹。她双手插进裤袋。杨天亮问：“要不，去我那儿？”

这是蒋书期待中的。她用不情愿的口气，轻轻“哦”了一声。

到时已是九点半。蒋书搬离多日，感觉房间比印象中大，墙壁白得晃眼。她反锁在厕所，让莲蓬头哗哗响，轻手轻脚搜检了一遍。龙头斑驳，台盆污垢黏腻，洗脸毛巾新换过。架上的男用洗面奶，是她从没见过的韩国品牌。还添置了沐浴露——杨天亮以前只用香皂洗澡。蒋书翻看地漏，上面沾几根短发，其中一根全白了。

蒋书把脚泡热，钻进被子。杨天亮也冲了澡。穿着内裤出来，嘴里“咝咝”吸气。

蒋书问：“晃来晃去的，找什么呢？”

“找避孕套。”

蒋书绷住脸说：“今天不方便。”

杨天亮僵在原地。

蒋书说：“要不看个碟吧。”

杨天亮翻翻电视机柜。“房东留了几张碟。”

“随便看什么，快一点。”

杨天亮抽了一张，塞进 DVD 机。是电影《东方不败》。

“呀，我看过的，”杨天亮说，“林青霞扮男人也蛮好看。”

蒋书不作声，脑袋陷进枕头，身体微微挪开，避免与杨天亮冰冷的皮肤接触。十几年过去，林青霞眼珠颜色浅淡了，面颊轮廓也有所改变。一些往事模模糊糊，拂撩蒋书的心。

“怎么啦，睡着啦？”杨天亮轻声问。

蒋书眼皮紧闭，不吱声。她听到他摸索遥控器。电视机“嚓”地关闭。万物隐入死寂的黑暗。

36

楼下跳健身舞的音乐惊醒蒋书。起床、穿衣、喝水。空调让她鼻喉干涩。杨天亮翻个身，鼾声没有间断。被子拉过头顶，四肢蜷成一团。他看起来像个孩子。蒋书在床边站了会儿，决定给他买早点。

楼门口的点心摊，氤氲着葱花香气。摊主是个面孔焦黑的男人，缩着脖子，佝在油亮亮的加热铁板前。顾客一个一个来，一个一个走。摊饼、磕蛋、刷酱、撒葱，周而复始。没有生意时，他把 T 形铲搭在铁板边，入定似的笼起手，垂下眼睛。仿佛除了摊面饼，人生再没别的事情值得浪费动作。

蒋书排上队，掏零钱。发现手机有未接电话。拨回去，响了七八次才接。是同事小蔡。“亲爱的，昨晚休息得好吗？”

“还行。怎么啦？”蒋书警觉道。

“这样的，马老太让我电话你。”

“她回来上班了？”

“嗯，发了好大的火……亲爱的，我不知道怎么说。”

“你说。”

“别生气啊，是马老太让我打电话的。”

“快说！”

好几个人扭头看蒋书。

小蔡压低声音道：“你昨天走的时候，本子忘在外面，被她看到了。”

“什么本子……”

“就是那个，你和呈武用来写字那个。”

“马老太怎么知道是谁的？”

“蒋呈武承认了。她太不是东西，一直背后说你坏话。现在倒好，把你推出去……马老太让你明天上午十点来，交接工作。挂了啊，马老太到门口找我了。”

蒋书木木然，直至摊主把饼塞给她。饼有点烫手，由它烫着。满街车辆头尾相衔，愤怒地按喇叭。行人和自行车见缝插针地乱窜。一个穿黄底红条制服，戴口罩和袖章的老太，站在清晨汽车尾气之中，徒劳地挥舞交通旗。

蒋书站在街边，不知站了多久。发现自己把四张饼都吃完了。

37

蒋书让朱晓琳介绍工作。朱晓琳说：“我哪有工作介绍。”又道：“过完春节再说。年底了，人心惶惶，没有单位招人。”

果然年底了，所有人忙起来。约了杨天亮两次，都说在加班。朱晓琳应酬更多，甚至通宵不归。蒋书打电话问她，什么时候回来。朱晓琳说：“管得真多，睡你的觉去。全世界就你一个闲人。”

蒋书每天睡到屁股发麻，膀胱胀痛。有那么几次，醒来已是傍晚。暮光一笼，事物褪了色，倏然有惆怅之意。墙上的Hello Kitty挂历，显示为去年十月。壁橱门和塑料收纳柜，隐在昏暗之中，仿佛大了一圈，看起来比例失调。

锁孔似有响动。是有人推门进来吗？杨天亮、朱晓琳，甚或蒋伟明。蒋书会喊：你回来啦。

“你回来啦！”蒋书喊道。

门没有动静。石英钟“咔嚓咔嚓”，每一次秒针走动，都像一把小铡刀落下。

蒋书感到无法忍受了。她做出一个决定。

38

杨天亮穿黑呢大衣，半张脸陷在腈纶围巾里。他推门进来，撞落一个小孩的麦当劳塑胶玩具，一边道歉，一边捡拾。蒋书发现他微微秃顶了，脑袋中央现出一块肉色。他直起腰，往里冲，冲到墙边折回来。转来转去，扫视几遍，终于发现蒋书。

“点餐了吗？”蒋书辨出他的唇语，摇摇头。他转身走向购餐队伍。

蒋书把想说的话，在心里演练两遍，感觉有了一些把握。沙拉和油脂的混合味，在室内明亮地飘荡。窗外，梧桐枝条、广告纸牌、店头彩带，往同一方向翻飞。垃圾被刮离地面，旋出风的形状。行人眯眼收脖，前倾身体。只有玻璃钢的麦当劳叔叔，坐在门口长椅上，一身红黄单衣，不畏严寒地咧着香肠嘴。

杨天亮将托盘放到桌上。

蒋书转过脸来，轻声说：“天冷了，我想住回来。”

一个胖孩子从桌边跑过，发出金属摩擦般的尖叫，遮盖住蒋书的声音。

杨天亮皱皱眉头，将双腿收拢在桌底。“我整天都在开会。你等多久了？”

“一个多小时吧。”

“乘车过来的？”

“地铁。”

“怎么今天想到找我？”

蒋书不语。

杨天亮从包里拿出手机。

蒋书问：“你刚才听见我说话了吗？”

“什么？”

蒋书审视他的脸，想确认他是否真没听到。“没什么，别玩手机了，跟我说说话。”

杨天亮“哦”地放下，片刻又拿起。

“手机放下，行吗？”

杨天亮将手机搁在桌面，瞄一眼屏幕，将它稍稍推远。

胖孩子又跑回来，他那同样胖乎乎的爷爷，举着鸡翅追赶他。蒋书等他们过去，脑袋里嗡嗡余响不散。某一瞬间，她不能确定，即将说的话是否合适。她舔舔嘴唇，背书似的念道：“对不起，以前跟你吵架，是我脾气不好。明年我会好好找工作，一定坚持做下去。不再跟你吵架，不再查你的聊天记录。请你相信我，我想搬回来。答应我吧，让我搬回来住。”她一口气说完，不敢看他反应。低头将撕成一条条的纸巾，堆到托盘里。

杨天亮瞪着她，微张的嘴唇，渐渐上扬成一个微笑。“你在说什么呀，”他坐直身体，“我马上不住这里了。”

杨天亮的老板，为了节省房租，把公司搬得偏远了。杨天亮准备在新办公楼附近租房。两个月前，姐姐杨天明离婚。丈夫带相好回家，用凳子砸她脑袋，还转移掉所有财产。杨天亮怕她想不开，每晚和她通话，一聊几小时。上个月，杨天亮母亲做了切除手术，只剩小半个胃。杨天亮找全职保姆，找来找去不满意，每个周末和杨天明一起探望。督促保姆做饭，检查病人大便，将助消化剂和抗贫血药，按剂量分成小包，放进床头抽屉。“所有事情挤一块儿了，有时觉得自己撑不下去。”

蒋书默默听着。她从没想到关心他，问他在想什么、忙什么、烦恼什么。她想说对不起，又觉得今天道歉实在太多了。

杨天亮撕一角汉堡面包，蘸到咖啡里。“妈妈一直做生意，见面很少。以为和她没什么感情，其实自己不知道罢了。书书，你要常去看望父母。”

“我的事情不用你管。”

“真的。以前觉得父母是大人，你是孩子。一夜之间，他们成了孩子，你成了大人。”

蒋书烦躁起来。“先别扯闲话，我能不能搬回来？”

“我说了，最近事情多，等我安定下来吧。”

“我不妨碍你什么。”

“没说你妨碍。”

“你别找借口。”

“我找什么借口？”

“你不爱我了。”

“你说什么呀。”

“那么你说，你爱不爱我？”

她逼视杨天亮。杨天亮回视她。

“别闹行吗，”他率先移开目光，“你一点不懂事。”

蒋书站起来。

杨天亮也站起来。“干什么？”

“我吃好了。”

杨天亮跟上她，替她推开门。

风从每个衣物缺口袭击蒋书，还封住鼻孔和嘴，让她难以呼吸。他们渐渐走开，沿人行道两侧。他忽然停下接电话。她躲进一座高楼的凹面，远远望着。他头发被吹立起来，身体顺着风向，微微侧斜。路灯光拉远了他和她的距离。有一刻，他隐到阴影之中；下一刻，又显现出来。

终于，他挂断电话，双手插进口袋，慢慢走向蒋书。

“谁的电话？”蒋书问。

“老板的。”

“打这么久。”

杨天亮不说话。

蒋书声调转低道：“刚才想起个事。我没钱了，朱晓琳向我催房租。”

杨天亮忙道：“好，好。”掏大衣口袋。掏出一张十元，又掏出一张五元。一枚硬币被带落在地。他弯腰去捡。重新站直后，将皱巴巴的纸币捋平，塞回口袋。又打开拎包，翻找皮夹。拎包过深了，他整个前臂探进去，一样一样摸索。有饭盒似的东西，在包里咣当响。

蒋书觉得，他的每个动作里，都有夸大其词的笨拙。他在羞辱她。她双臂抱在胸口，身体重心移到另一条腿上。她恨自己开口要钱。更恨他不顾及她的自尊。“别找了。你回去吧，我也回去了。”

“啊？那我回头打在你卡上。”杨天亮扣好拎包，抻抻衣摆，仿佛不知道她在生气。

39

沈盈盈忽然找来：“我有个活儿，每天四百元，你有没有兴趣？”

蒋书毫不犹豫道：“有兴趣。”

她们曾在大三那年绝交。沈盈盈的长发摇滚男友，在她怀孕后失踪。蒋书陪去医院。在妇产科手术室门口的长椅上，她握住沈盈盈的手。那手沾满泪水，半干后又黏又冷。摊开的前臂上，静脉血管影影绰绰，缭绕交错，仿佛织进皮肤的暗纹。那一刻，蒋书对沈盈盈的感情是真诚的。

“你发誓，这事不告诉任何人。”沈盈盈说。

“我发誓。”蒋书说。

很快全班皆知。沈盈盈哭闹一场，不再和蒋书说话。蒋书给她留了张字条：“我没告诉任何人。”她用红笔打了个叉，塞还在蒋书枕下。

沈盈盈给父母写信要钱，即刻汇来两千。一晚躺在床上，忽然哭泣：“一个人在上海太辛苦啦，我回去嫁人算啦，我爸好歹是个官，在成都有两套房子呢。”

毕业那年，沈盈盈求职顺利，在一家大公司做前台。朱晓琳说，世界本就不公平。长得好看事事顺，长得难看人人嫌。沈盈盈和客户谈恋爱，被炒掉。换一家公司，做了几个月，辞职了。

接下来的日子，沈盈盈四处旅游。开了个博客，叫“爱情海的阳光”。记录游玩小心情，贴了大量个人照片。各色服饰发型的沈盈盈，站在各色山水楼台前。有时做“V”手势，有时托捂腮帮，有时手指插进头发，做轻舞飞扬状。照片经过PS，眼睛变大，面颊显瘦，小腿细长。底下评论纷纷：“美女”“真漂亮”“好想认识你”……

蒋书在杨天亮面前议论过。“年龄不小了，还这样虚荣，跑来跑去的，不知想干吗。”

杨天亮说：“我觉得挺好啊。自由自在，让人羡慕，照片也挺好看。”

“你知道她的博客？”

“‘爱情海的阳光’，自拍达人，在网上有点名气。还有朋友跟我打听，要认识她呢。”

朱晓琳说，沈盈盈父母也知道女儿博客。他们希望她回家，帮她在机关觅份工作，找个对象，结婚生子。婚房是现成的，孩子由他们带。他们威胁断掉零用钱，后来果真断掉。整整一年多，没有沈盈盈音讯。蒋书偶尔想到，上她博客看看，很久不更新了。

沈盈盈说：“书书，看见你在同学录里发帖，说要找工作，我就问来你的电话。”她刚做完人流手术，又被男朋友甩掉。她需要一个“能从身心两方面照顾”她的人。

40

沈盈盈陷在层层被子之中。面色冷白，头发粘成一簇簇，摊在枕头上。她没有哭，看不出忧伤，仿佛长睡刚醒，整个人都是空的。

“怎么这样不小心？”蒋书坐到床边，随口问道。

“他不喜欢戴套，我们一直体外的。那天他接了个电话，分神了，不小心进去……其实后来吃药了，但吃得太晚。”

蒋书尴尬着脸，摸摸被子，发现坐在沈盈盈手臂上。“啊，对不起。”她挪开了。

沈盈盈没有反应。她仰躺的时候，五官扁平下去，看着像是另一个人。

蒋书打开外卖盒盖。鸡油凝白，漂在汤面上。她将一次性塑料勺递给沈盈盈。沈盈盈没接。碰碰她的手，发现她在流眼泪。

“他催我搬走。说找个小点的住处，帮我付一年房租。”

蒋书咳了一声。“帮你热一下汤？”

“不用。”

窗外倏然一阵鞭炮。沈盈盈身体下陷，表情看起来难受。

“怎么啦？”

沈盈盈抓住蒋书的手，五指揸进她的指缝，扣住她的手背。“是有人结婚吗？哦，天哪，人人都在结婚。为什么我一提结婚，他就要分手！”

蒋书默默听着。

“我年轻漂亮，家境也不错。他那么花心，爱玩，还撒谎，根本不懂疼女人。他自以为有点小钱，其实没什么本事，完全是运气好，他爸爸做生意，伯伯在台湾……他会后悔的。书书，你说是不是？”

蒋书把她的指头一一掰开，塞进被子。

“书，你说呀。”

蒋书犹豫道：“读书的时候，你可没这么爱钱。”

“谁说我爱钱？”沈盈盈瞬间被点燃了，“我爱的是他这个人。”

“但他听起来像个人渣。”

“那也不是。他穿衣有品位，懂古典音乐，也喜欢旅行，我们有很多共同语言。”

蒋书哦了一声。

“我困了，睡会儿，”沈盈盈眼底浮出一层晶莹，“亲爱的，你别走，我醒来会害怕的。”

“好。”

“如果饿了，冰箱里有吃的。”

“好。”

“今天帮我擦擦灰吧。钟点工很久没来，有点脏。”

蒋书顿了顿，“好”。

沈盈盈眼皮半合，漏一弯眼白。“盈盈，沈盈盈。”蒋书轻呼，等等没有动静，从兜里掏出打的票，放在沈盈盈枕边，蹑足而出，关好卧室门。踅进洗衣房，从污水斗边五块抹布中，挑一块相对干净的，沿弧梯逐级而下。

客厅白色实木地板，又冷又腻，铺一方虎皮毯。落地窗灰垢斑驳。窗外，道路、建筑、绿地，渺小成条形和块状，仿佛被随意拼贴在地面。茶几上有葡萄酒和杯。琉璃花瓶里，插一朵白玫瑰。摸了摸，确定是真花。

蒋书坐到沙发角上，谨慎地舒开四肢。她想象沈盈盈一个人在屋里走动，真皮拖鞋发出空阔的“啪啪”声。这样的沈盈盈，与记忆中躺在妇产科手术室门口的沈盈盈重合。蒋书低下头，指肚划过黄花梨边柜，捻起一指的灰。

边柜抽屉里，塞满施华洛世奇相框。像中人被衬得肌肤明亮。逛商场的沈盈盈，倚住不锈钢扶杆，将“Prada”购物袋挡在身前；抱弄小孩的沈盈盈，胸脯前倾，乳沟微露。孩子哭丧着脸，衣服直往上蹭；吴江路上的沈盈盈，扎两根松紧不一的麻花辫，卡其色棉裙擦着台阶。一个被挡道的大爷，歪头斜眼，被定格在照片右上角。

还有一幅合影。沈盈盈和男人，坐在蒋书此刻坐的沙发上。她勾住他的肩膀，瘫软在他身上。他僵着背脊，脖颈微微外侧。白净，容长脸，板寸头，修身休闲西装，衬衫敞两粒纽扣。蒋书认识这个男人。小学同桌、微博名人韩小兵。

蒋书默默看了会儿，将照片扔到地上，一脚踢远。又将抹布甩出去。韩小兵和张超的长相，是同一类型。蒋书也喜欢这个类型。他们遥远得像是男明星。她至今记得大学时代，每次看完张超乐队演出，都对杨天亮心生厌烦，冷落他几天，或者找个借口，跟他闹闹别扭。

蒋书双手搭在胸脯，仿佛心脏受了疼痛。她意识到自己在嫉妒，反而坦然了。沈盈盈没什么值得同情。享受拥有的，就该忍受失去的。人生不都如此吗？

41

林卿霞发来短信："书书有空和妈妈谈谈吗妈妈这两天心脏不舒服像是快死了你什么时候有空啊快点告诉我我们谈谈好吗一直等你回话妈。"她的短信都是连刀块格式，显得气急败坏。她曾经解释，找不到手机里的标点符号键。

蒋书收到短信时，正站在楼门口。看了几遍，转到楼房背面，进入一家奶茶铺。铺中仅有一桌二椅。蒋书挑了靠里位置。老板娘宽阔的身体，在铺面上移来移去。蒋书的视线随之忽明忽暗。

奶茶味道正是蒋书想要的。她将买菜袋子放在桌上，掏出手机，反复看短信。

老板娘问："你不住这里的吧？"

"那当然，我一看就是穷人，住不起这么高档的小区。"

老板娘不说话了，打开收音机。一个苏北口音男人，在向主持人痛斥劣质热水器。老板娘连续转台。新闻、路况、健康热线……音乐频道在播周杰伦《双截棍》。她停下来。

一辆警车呼啸而过。接着又是一辆。老板娘关掉音乐，伸长脖子喊："出啥事啦？"

旁边干洗店应道："我们也不晓得。"

蒋书拎起菜袋子，朝警笛消失的方向走。路过小超市，听到议论声。一个拎卷筒纸和洗衣液的大妈，正被店员包围。"是个高中生，从十九楼跳下来。一小时前的事了，"大妈的波西米亚式金耳环，随着脑袋左晃右跳，增加了惊悚效果，"我和他一个楼的，电梯里经常见到。瘦瘦白白，很怕难为情的样子。我家钟点工说，他得了抑郁症，每天吃药。大概读书压力大吧。"

一个中年男人说："抑郁症是什么玩意儿，好像挺时髦的。我们年轻时上山下乡，白天干活，晚上睡觉，没工夫忧郁。"

一个老头跟腔："就是啊。有书读，有好房子住，还会想不开。像我这种人，退休了还要工作，帮孙子赚学费。这种日子让他过两天，他就知道了。"他一边说，一边瞥着蒋书，仿佛她也是"想不开"的同类人。

蒋书出了超市，继续往前。6号楼前聚着十来个人，彼此嘁嘁嚓嚓。一辆助动车的警报器疯鸣。保安找到那车，拖开去。蒋书往里凑，瞅到红色防护线。一块蓝布遮在地上。蒋书以为是尸体。观察片刻，发现可能不是。想问旁人，又觉得没意思。她将菜袋子换了手，挤出人群。

直至进了房，从冰箱拿出牛肉，放在解冻板上，蒋书还在想那个男孩。越想越不安，跑去敲卧室门："盈盈，盈盈，你在干什么？待在里面那么久，快开门啊！"

许久，门把手咔嚓一声。沈盈盈出来，明黄色仿皮连衣裙，红绿相间的大方丝巾。她戴了假睫毛，眼皮褶子嵌满眼影粉。

“书，我美吗？”沈盈盈眨巴眼睛，两坨颜色上下翻动。

蒋书含糊“嗯”一声，觉得她看起来像棵圣诞树。

“今晚不用做饭了，我出去吃。那个臭男人说要找我谈谈。”她进洗手间吹头发，又在穿衣镜前反复试验，搭配好饰物、拎包、皮靴，终于出门去。

屋里安静了，暮色骤然压顶。蒋书双手扒住落地窗，鼻尖贴上去。玻璃干净到不存在，仿佛随时可以一跃而出。梧桐的秃影子，将楼下路面染成黑白相杂。黑与白中，带着蒙蒙的灰，盯得久了，形状模糊，竟似在看老照片。无数人和车，在照片内外穿梭。他们都是陌生的，晃眼而过，永不再见。

蒋书又开始不安，仿佛生活当中，即将发生什么重大事故。她掏出手机，重读母亲短信，回复道：“现在有空。我们到安抚路、安顺路口，美姬咖啡馆见。”

42

“美姬”离得不远，新开的台式咖啡馆。服务员个个腰细肤白，粉色制服，米色蕾丝围裙，外加兔女郎绒线帽。朱晓琳带蒋书来过一次。每有服务员经过，朱晓琳就闷笑不止：“老板肯定是个变态色狼。”

蒋书打不到车，步行半小时，脚掌被冻得硬邦邦。咖啡馆清冷，只一对中年男女，手捏着手，并排坐在有挂帘的小隔间里。女人眉毛黑细，发卷密密贴住头皮，像一堆新刨的木花。

蒋书挑对角位置坐下，要了一杯拿铁。站在门边的服务员，兔耳朵发软了，从帽顶垂到眼睑。她不停伸手去捋。蒋书瞅得焦躁，喊“服务员”。

“稍等，咖啡马上来。”

蒋书移视中年男女。男人准备买单了，将女人的手搁在自己大腿上，掏出钱包，数完钞票，又赶忙抓住那手。女人从侧面看，颧骨微凸，略似林卿霞。蒋书拿出手机，给林卿霞短信：“我工作一直很忙，今天只是恰巧有空。”

咖啡焦苦，奶泡稀薄。蒋书倒入三份白糖，将搅拌勺插到杯底。又从包里取出小圆镜，审视黑眼圈和法令纹。林卿霞是个在意外貌的人。蒋书记得六岁患痢疾时，母亲揉着她的脸说：“书书瘦啦，变好看啦，像我女儿了。”后来很长时间，小蒋书天天盼望拉肚子。

蒋书理顺刘海，捋平头顶。是的，她不像林卿霞。据说肥胖遗传自爷爷；扁鼻头源于外公。两个家族的劣势基因，跨越千山万水，在蒋书身上相遇了。

蒋书倒扣小圆镜。丑又如何呢？一个人的好运气，不该浪费在容貌上。她重新打乱头发，对着空气，挑衅地撇撇嘴。忽然不能确定，是否想见林卿霞。赶忙发短信："今天路上堵，你到哪里了？如果时间不够，就改天聚吧。"

蒋书收好手机和镜子，两指夹住额头痤疮，挤眉弄眼地掐着。这时，林卿霞进来了。蒋书"哦"地一惊，将脓血擦到桌布上。

林卿霞"哗啦啦"入座，将一只橙色亮面拎包放在椅子上。

母女对视一眼。

"你好。"林卿霞说。

"你好，"蒋书把饮料单推过去，"喝点什么？茶、果汁，还是咖啡？"

林卿霞朝女儿微微笑。蒋书心中一热，也笑起来。盼望母亲问自己，有没有吃过晚饭。林卿霞却只是推还饮料单："来壶山楂水果茶吧。刚吃过生煎，太腻了，搞点山楂消消食。"

水果茶上来，林卿霞自倒一杯。

"我也想喝。"蒋书绷住脸。

"你不是有咖啡吗？"林卿霞瞥一眼，向服务员要了杯子，"这茶味道不错。"

"你胖了。"蒋书说。

"哦，是吗？发型关系吧，新剪的头发，有点短了。"

"不，就是胖了，一胖就显老。还有这种荷叶边领子，不适合你的年龄。"

林卿霞拉拉领口："体重可没变啊。"

蒋书一笑，觉得和妈妈扯平了。“找我什么事？还和那个金叔叔在一起吗？”

“哪个金叔叔？你记错了，是苏叔叔。”

“哦，报社记者？”

“不。苏叔叔是医药公司副总，刚刚退休。”

蒋书脑子转了几轮。她记得一个报社记者，在她大四那年，跟着林卿霞来学校。笑声“嘎嘎”刺耳，染得过黑的头发，被发胶直僵僵固定在脑门上。林卿霞在寝室里，摸摸这个，翻翻那个，还捻起被子说：“呀，这么薄。”放下被子，没了下文。两个隔壁寝室的，在门外探头探脑。林卿霞笑眯眯问：“你们是书书同学啊？饭吃过了吗？”他们走后，室友纷纷议论。“你爸妈来看你啦。”“你妈真漂亮。”“你妈和你性格不像，看着好开朗。”那是整个大学期间，林卿霞唯一一次探望。

“姓苏的真是老总吗？别又受骗了，”蒋书说，“以前有个卖保险的，吹嘘身家多少亿，在外面欠了一屁股钱；还有个小白脸，偷你的身份证，去办了那么多信用卡……”

“行了行了，多久没见，一见就吵架吗？”

“我没吵架。”

“你就想吵架，”林卿霞顿了顿，“你想我吗，想你的亲妈吗？”

蒋书声音轻下去：“想。”这是真心话。“那么，你找我什么事呢？”

“没什么事……没事不能聊聊吗？”

“能，聊吧。”

林卿霞身体前倾，捏起玻璃杯。“书书。”

“聊聊那个苏叔叔吧。怎么认识的？公园锻炼吗，老年俱乐部跳舞吗，还是麻将搭子？”

“老苏呀……黑龙江插队时就认识。”

“现在才好上？”

“很久没联系。前年搞‘荒友’联谊会，把他找来了。”

“姓苏的，一起插队……等等，我好像知道这人。”

“知道什么呀。”

“你们是同一生产队的。”

“咦——”

“好像你们当时就谈过恋爱。”

林卿霞霎时耳郭通红。蒋书盯着看。它们薄薄小小，犹如两片花瓣。

“谁告诉你的？”

“我忘了。”

“还听说什么？”

“没什么了。”

“告诉妈妈嘛，肯定还听说别的了。”

“怎么说呢……好像传你在黑龙江，有过一个孩子。”

“滚蛋，放屁……”林卿霞整张脸红了，“肯定是严丽妹！以前她来家里打牌，总要跟你嘁嘁嚓嚓，不知说什么！或者是那个小钱，净爱乱开玩笑……不，一定是严丽妹！严丽妹！”

“你别激动啊，我怎么会相信，听了也就笑笑。”

“严丽妹造了我多少谣……你知道吧，她得皮肌炎了。可不是皮肤病，是血液里的病，人会慢慢没力道，最后瘫掉。老公也不管她，整天在外面搞花头。严丽妹那副鬼样子呀，啧啧，面孔像被打过的，颈窝里全是疹子，见了我们不停流眼泪。活该，恶人有恶报！”林卿霞不换气地说完，一口喝光饮料，十指揸住玻璃杯，仿佛那是什么人的脖子。

蒋书欲给母亲倒茶，却动不了。她想了想严丽妹。记不得五官，却记起孤零零悬在车间上方的行车，贴着严丽妹名字，操作台下的竹篮子，篮鋬缠绕紫色绒线，篮里放着毛线团、竹棒针和各色糖果。“妈，你猜错了，不是严阿姨说的。”

林卿霞给自己斟满茶水。潮红褪尽，面色重新冷却。“严丽妹太有福了，扛不住那些福，也是个可怜人……但她为什么乱嚼舌头呢？”

蒋书举起空茶壶，晃了一晃。服务员过来，垂着眼睛，假装没听见她们说话。林卿霞注视她走远，“书书，跟你说个正经事”。

“嗯？”

“我猜我得抑郁症了，”她在包里掏来掏去，掏出一份《上海老年报》，“哗哗”翻动，指着一角说，“瞧，我的症状太像了，情绪低落，胃口减退……”

蒋书瞄一眼。文章名为《花甲之后警惕老年抑郁症》，一些字句被铅笔勾出，加上惊叹号。“你抑郁什么？每天吃吃喝喝，跳舞麻将，逛街买东西。”

“没钱买东西啊，靠着点退休工资，能买什么呢？”她望着女儿，若有所待的样子。

蒋书咬咬嘴唇。

“对了，书书，送你一个礼物。”林卿霞的礼物，是一只塑胶女红卫兵公仔。雷锋帽、绿军装、红领巾、军用水壶。面团似的娃娃脸，眼珠油亮。她翻来覆去赏玩，笑道：“是不是很有意思？‘荒友’联谊会纪念品，每人发一只，我要了两只。看看多像我啊，简直舍不得送给你。”

蒋书捏捏公仔，发现光脚丫底下，烫着一行字：1969—1972，纯真年代。“我也带了礼物，差点忘了。”蒋书拿出一件羊绒女装。是从服装公司偷的。被炒鱿鱼那天，她去交接工作，得知制服押金不让退。“店服是照你尺寸定做的，自己拿去穿吧。”蒋书趁马店长上厕所，拎了一件羊绒衫，塞进包里。只有蒋呈武在场。蒋呈武僵着脸，缓缓移视别处，什么都没说。

“谢谢乖女儿，”林卿霞检查领口和接缝，“质地真好，款式也不错，颜色有点老气了。年龄大了皮肤黄，要穿亮色。”

蒋书放好公仔。想问钱够不够花，又怕林卿霞借机诉苦。她觉得每月四百元，已经很孝顺了。“苏叔叔给你钱吗？”

“他给什么钱，偶尔送点东西。”

“让他多陪你。”

“他说忙，退休还一堆事。”

“这年头，男人都说忙，老头也这样啊。”

“找个知冷知热的人太难。很多抑郁症患者，没有得到亲友充分重视，就自杀了。”

“你不会自杀的，你多爱惜自己。”

“这算开导人吗？”

“要不找沈阿姨聊聊？你们整天一起跳舞。”

“别提她了，”林卿霞甩甩手，像在挥赶苍蝇，“她女儿嫁了个开出租的日本老头，生了个小鬼子，朝天鼻，眼睛眯眯小。她拿着当个宝，到处显摆。大家都不带她跳舞了。”

“哦……你怎么个抑郁法？”

“烦躁，慌张，”林卿霞双手轻捂，胸脯一阵颤动，“我去医院查过，血压、肾脏、胆囊，都有点问题，也有心脏病。但这不是心脏病，是心病……”

“更年期吧？”

“乱讲。多年前就‘更’过了。”

“哦。”

“一个人待着，觉得屋子空。胃口小，不想烧菜；布置个花啊草的，长得越热闹，看着越没滋味；想养猫猫狗狗，又怕死在你前面——老方家的猫死了，老方跟死了儿子似的。”

蒋书歪着头，捏着餐巾纸，撕成一条条。

“你在听吗？”

“在。”蒋书直起身子，将纸巾条推向一边。

“我半夜做怪梦，耳朵嗡嗡响。有次梦见躺在棺材里，很多人趴着看我，都在笑；还有一次，梦见你爸，少了条胳膊，吐着舌头……吓醒以后，喊谁谁不应。活着没意思，不如死了呢……我真死在房里，烂成一堆骨头，也没人知道吧。”

“你至少有个房子。像我这种的，死也只能死路边，”蒋书话一出口，觉得不妥，转换话题道，“你和苏叔叔好了多久？”

“一两年。”

“那就在一块儿呗，领个证。抑郁症就好了。”

“他说儿子不同意……多大年纪了，凡事都得儿子批准吗？”

“人家怕到时候分财产麻烦。”

“盼他老爸死呢，想得那么远。”

服务员过来，将重新灌满的玻璃壶放到桌上。茶水颜色浅淡了，水果块和山楂片，烂糟糟堆在壶底。

“那你年轻时为啥不嫁姓苏的？你说过要是换个爸，我从小就吃香喝辣了。”

“什么时候说过？”

“在我小时候。”

“哪有。”

蒋书冷冷瞥一眼母亲。

“书书，年代不同了，很多情况你不懂。”

沉默片刻。林卿霞抻出手来，靠近蒋书的手。她的手白里透红，肉滚滚看不出关节；蒋书掌心发黄，指头一截一截，仿佛营养不良的竹子。蒋书缩回双手，压到大腿底下，轻轻摇晃身体。

“书书，我想起你刚出娘肚的模样，那么小小的，裹着蜡烛包，怎么一眨眼就成大人了。你爱哭，一哭就抱，一松手又哭。我整夜整夜不能睡。大冬天洗尿布，手指刺在冰水里……”

“你说过很多次了。还有我吃错药差点死掉，你半夜抱我去医院之类的。”

林卿霞点点头：“养大孩子不容易，以后你当妈了就晓得……你是我养大的，等我走不动了，你也会养我的，是吗？”她瘫软在沙发椅里，手指轻叩桌沿。

蒋书不吱声了。每次见面，林卿霞总聊这个。她避开母亲的目光，将两只茶杯斟满。山楂泡得太久，有股淡淡的馊味。她啜了一口，“我走了”。

“这才几点？”林卿霞看手机，“咦，你发我短信啊，‘如果时间不够，就改天聚吧’。什么意思呢？”

蒋书没有回答。一条手臂套进羽绒服。

“书书，你好像不高兴。”

“我没不高兴。”

“你生我气了吗？”

“我没生气。”

“真的？”

“真的。”

林卿霞将手机放进拎包，问：“书书，这包配不配衣服？”

“配。”

“七浦路买的，仿了一个什么名牌……是不是太大了？”

“不大。”

林卿霞拎着菜篮子似的包，走向门口。服务员拦住她。蒋书跟过去，掏钱包买单。出了门，有礼貌地道别。林卿霞这才想起寒暄：“书书，你气色真差，没睡好吗？每天自己做饭吗？你和小杨还好吗？工作忙吗？”

蒋书挥了挥手，转身走向街口。林卿霞没出几步，似乎踩到狗屎，抬起一脚，蹭着电线杆。背包滑落下来。她耸起肩膀，没有勾住，背包散开口子，物品撒了一地。

林卿霞真是个动作迟钝的小老太了。年复一年，岁月往她身上堆叠脂肪，将她的皮囊拉松扯皱，让她的胳肢窝变得臭烘烘。蒋书觉得可笑，笑得眼眶湿润，渐有几分悲凉。她跳上一辆出租车。

43

下半夜，蒋书做了个梦。林卿霞满面皱纹，麻花辫被雷锋帽压住，五角星帽徽仿佛一滴血。身高只到蒋书膝盖，惹得蒋书想保护，又担心弄坏她。公仔版林卿霞嘴巴一瘪，像要哭起来。不知所措之时，手机铃声刺破梦境。“哎哟往着胸口拍一拍呀，勇敢站起来，不用心情太坏……”一遍一遍，越唱越响。

“操你妈，我好不容易睡着！不会调静音啊！”朱晓琳吼道。

“对不起，对不起。”蒋书翻身下床，到客厅找手机。

“喂，书书吗？”是林卿霞。

“怎么啦！”蒋书被她吓到，完全清醒了。

林卿霞恸哭的声音，仿佛哮喘病发作。

“没事吧？”

林卿霞断断续续，哭几分钟，平静下来：“我做梦了。”

蒋书瞄一眼卧室门，确认关上了。“你是三岁小孩吗？”

电话那头沉默。

“看看现在什么时间。我不像你，我是早起干活的人，八点得赶到别人家做老妈子。”

“对不起，书书，想告诉你一件事……我憋太久了……很重要的事。”

“什么事？比做梦更重要吗。”

“我刚才梦见，有个孩子……”林卿霞猛吸一口气，“我梦见一个孩子，在地上血淋淋爬，还拉住我的裤管，一个劲叫妈。那么小的婴儿，长得有鼻子有眼。”

“我挂电话了。”

“别，别……你有个哥哥。”

“哦，”静了几秒，蒋书说，“等等，我披件衣服。”她放下手机，擦掉冻出的鼻涕，披起羽绒服。窗外有清洁工在劳作，竹叶扫帚“嚓嚓”刮磨地面。路灯已灭，晨色未起。整个世界暗透了。

“书书，我在黑龙江确实有过一个孩子……那时我自己还是孩子。就想着：这辈子完了呀，我不想要。我喂过一次奶，没什么奶水。他拼命哭，很快就死了。我很害怕，又害怕又舍不得……”

蒋书想问，是你杀了他吗。问不出口。棉毛裤黏在腿上，凉意渗骨。

“他先天不足，生出来又感染了，农村没什么药……”

“你跟谁生的？苏叔叔？我爸？”

“不是，”林卿霞顿了很久，缓缓道，“跟一个农民……我是回城后认识你爸的。”

手机一阵“嗞嗞”电流声，钻磨蒋书耳膜。“那么，是私生子喽？”

“不是。”

“哦……啊，你和黑龙江农民结过婚！”

“那个年头，我们吃了很多苦。书书，你想象不到的。”

“你还瞒我什么了？我是你亲生的吗？”

“呀，说什么呢？”

“有时候，我觉得不是你亲生的。”蒋书突然落泪。泪水被迅速冻干，面颊又绷又痒。

朱晓琳冲出来，横穿向卫生间，将家具撞得嘭嘭响。

“书书，我对不起你，”林卿霞的语气，仿佛在宣布噩耗，“那个小孩——你的哥哥，没来得及起名字，我叫他‘囡囡’。囡囡死了以后，我越来越想他。看到别人有孩子，就觉得受不了。后来生了你……但你不是‘囡囡’啊，你是另外一个人。我有时挺喜欢你，有时又不喜欢，甚至觉得烦。好像我把所有感情，都放在死孩子身上了……也许不是孩子，是其他什么，我不知道，整个人都耗尽了……那个农民不肯离婚，跟到上海，噩梦似的缠着我，说要杀了我，还说要死在我面前。那时觉得自己快完蛋了……书书你说，人为什么活着呢？”

“因为——你把我生出来了，我只能活着，你……”蒋书说不下去。

一阵马桶冲水声。朱晓琳响动巨大地过来，“神经病，自私鬼！”

“书书，谁在嚷嚷？旁边有人吗？”

朱晓琳闪回里屋，狠狠关门。

“没人。”蒋书说。

“书书，你口气真冷淡。求你别恨我。我更恨我自己。记得生你那天，我可痛了，痛了一天一夜……”

“我不恨你。我自己一摊烂事，没心情恨你。有时都快忘了，世上还有你这么个妈。”

“乖女儿，别说气话。”

“不是气话。你去看看病吧，吃点药。抑郁症真会死人。昨天有个高中生，男的，从十九楼跳下来，就是得抑郁症。你可别跳楼，死相很难看，面孔砸得粉粉碎，你那么爱漂亮……”蒋书觉得自己说话过分，刹不住嘴，赶忙掐断电话。

等了一等，林卿霞没再打来。想打回去，不知该说什么。蒋书关掉日光灯，扑进沙发，浑身抽搐不止。椅背和扶手包围她，仿佛一个人的怀抱。她犹豫是否躺回床上，或者去拿条毯子。

林卿霞看起来，是个多么快活的人。跳舞的时候最快活。男人们接连请她。她脱去外套，露出宝蓝色三翻假领子。那是二十多年前的工厂联欢会。蒋书坐在角落里，吃叔叔阿姨们给的橘子、香蕉、硬糖、汽水、瓜子……林卿霞旋转，飞翔，隔着舞伴肩膀，冲女儿大笑。她眼眸灼热，似两汪烛油。人生所有的明媚，都在那一刻燃烧了。

舞曲戛然中止。蒋书肩膀一抖。“晓琳？”惊醒了。天色腾腾亮起。门口甩着两只拖鞋，是朱晓琳的。蒋书打了个喷嚏，觉得自己整夜未醒。林卿霞的电话，仿佛梦境一部分。她挪了挪身体，想确认手机通话记录，腰椎和脖颈“咯啦”酸痛。

淡金色晨光，将窗框投影到桌面。微尘在光影里上下。喇叭声、报站声、汽车启动声，零碎起伏着。空气中有咖啡粉和植物奶精味道。朱晓琳被吵醒，肯定再没睡着。蒋书想象她猛灌咖啡，一杯接一杯，显得豪气万丈。

朱晓琳扫过地，整理过鞋柜。桌玻璃擦亮了，蒋书第一次注意钩花桌布，和渍迹斑斑的白铜板垫纸。桌上没了脏杯子、纸巾团、手机充电器，以及莫名其妙的零杂——比如一块垫片、几粒纽扣，看起来像是另外一张桌子，继而整个房间也不一样了。

空旷的桌面正中，立着那只红卫兵公仔。面孔新新亮亮，略微泛青。眼睛瞪得滚圆，仿佛对什么未知事物，有着懵懂的震惊。蒋书向她“喂”一声，忽感窒息。一股强烈的情感控制她。她蜷缩起来，双脚压到臀下。

蒋书想起老邻居方阿姨，儿子患肝癌去世后，神经有点不正常，每天站在家门口，号得仿佛内脏都将炸裂。林卿霞有没有这样哭泣过？蒋书开始体谅林卿霞。这种体谅消解了恨意。林卿霞又变回温柔美丽的母亲，蒋书又变回十岁。她像一条狗似的，对林卿霞充满依恋和崇拜。她意识到，自己从未恨过母亲，有时仅仅因为失望。蒋书不是囡囡，也不是母亲生命中失去的那个部分。她希望喊一声“妈妈”，希望拥抱林卿霞。她可以做任何事情，弥补彼此的亏欠。

铃声骤响。蒋书一跃而起，四处抓寻手机，手忙脚乱接通。

“喂，是我，盈盈。”

蒋书略感失望，瘫回沙发里。

“书，在吗，怎么不说话。”

“在。”

“在哪儿，路上了吗？”

蒋书不说话。

“亲爱的，怎么还没过来。快来帮帮我，我受不了了。”沈盈盈掐着嗓子，尾音一颤一颤。这是她求人帮忙惯用的腔调。

“好的，亲爱的，马上过来。”蒋书觉得自己变温柔了。仿佛林卿霞在她心底烧起的情感，还在缓缓释放余热。

44

沈盈盈说，“那个臭男人”让她立即搬走。

“一时半会儿的，到哪里找房子……昨天去之前，还以为他求我复合呢。”她靠在床头，颈周堆满被子，双脚露在外面。空调吹得人昏昏欲睡。隔夜的眼影和睫毛膏，被泪水糊在眼底。她东拉西扯着，忽而痛恨，忽而不舍，忽而忆旧。

蒋书随口劝着，“别这样说”，“不难过了”，“休息会儿”。她有点饿，很快抽筋似的饿起来。

“你在听吗？”沈盈盈停下。

“嗯？……在听啊。”

沈盈盈扭过头去。两道深刻的颈纹，绳索似的勒住她。

蒋书捏捏她伸出被子边缘的手。沈盈盈反捏她，镶水钻的指甲，掐在蒋书肉里。“他让我后天搬走。书，你说，我该住哪儿去？”

“我……不知道啊。”

“你说，我该住哪儿呢？”

蒋书目光躲来躲去，不与她正视。

“书书，怎么办呢，我该住哪儿呢？”

“那……要不，暂时住我们这儿。”蒋书抵不住，说出这句话。

“好啊。”沈盈盈赶忙应下。沉默几秒，一连串地问：“你们住哪儿？面积多大？朝南吗？每月多少钱？”

蒋书一一作答。

“交通还算方便。”

“房子旧，环境脏。你是住过豪宅的人，肯定看不上。”

“临时的嘛，慢慢找房子。再说，和老同学一起，也有个照应。”

“我得问问朱晓琳。”

“好，现在就问。告诉她，我出一半房租。”

“她在上班。”

“上班怎么啦，接个电话死不了人。”

朱晓琳果然说：“不知道我在上班吗。有话快说，有屁快放。”

蒋书想象朱晓琳一身职业装，说话犹如子弹扫射。“是这样的……”

朱晓琳一边听，一边“嗯嗯”，突然打断：“沈盈盈想搬来？让她先押三个月房租，水电煤出一半。老板来了，回头说。”

蒋书将手机从耳边挪开。

沈盈盈说：“她嗓门真大。”

“她有点强势。”

“大学时就这样，怪不得没男人要。”

蒋书耸耸肩。

“书书，你小瞧我了，我能吃苦。前几年炒股亏光了钱，也没跟任何人说，都是自己扛过来。”

“在上海这么苦，干吗不回老家？”

“你这上海土著，说话不腰疼。”沈盈盈梗起脖颈。这样的姿势，表明她要讲道理了。“我的中学同桌，毕业后进了她爸单位，每天聊八卦、打麻将。和男同事结婚，连生两个女儿。春节回老家见她，啊呀妈呀，胖得没脖子了，张口女儿，闭口老公，像菜场里的中年妇女。书书，我可不想这样，”她顿了顿，用大学生沈盈盈才有的口气说，“我还年轻呢，不想混吃等死，我是有梦想的人。”

45

蒋书照顾沈盈盈一个月，应得报酬一万二。沈盈盈给了八千，说她自己也没钱——韩小兵承诺三万营养费、五万分手费，一分没有兑现。作为补偿，沈盈盈把蒋书介绍到一家洋酒公司。老板 Selina 曾是客户，薄有私交。“这份工作适合你，”沈盈盈说，“小公司学得到东西。而且 Selina 为人豪爽，容易相处。”

Selina 一口台湾腔，两挂潮红的大眼袋。连衣裙裹紧她，仿佛将浑身赘肉挤向乳沟。办公室挂着书法字：“不如意事常八九，可与语人无二三。”侧墙是一幅六十寸照片，一个墨绿西装的秃顶男，和前任市长握手。后来听同事说，秃顶男是 Selina 前夫，公司本是他俩合伙。

Selina 说话时，一只手在真丝鼠标垫上来回摩挲。她不许蒋书叫她“范总”，要直呼英文名，说“女孩之间随意点好啦。”她给蒋书起了英文名字——Sue。

“Sue，去 Starbucks 买杯咖啡，我要 Latte，Grand Tall。”

“Sue，清洁一下净水器，出水口别忘了洗。”

“Sue，帮我电话阿姨，晚上烧盐水虾，两个素菜，少放油哦。你去买点当季蔬菜。”

经常加班到七点多，同事不走，蒋书不敢走。每当四下寂静，脑中仍有声声回旋，“Sue——Sue——”，仿佛无数子弹穿梭而过，击中蒋书疲乏不堪的心脏。

同事透露，Selina 是福建人，还说她至少四十五岁。

“她已经戴老花眼镜了。”一个同事说。

“她脸上肯定打过针，”另一同事说，“你不觉得她笑起来表情很怪吗？”

十来号女同事，穿着时髦，嘴巴灵巧。同为助理的Lily，能像水管爆裂似的，往外喷射恭维话。她是Selina最宠爱的员工。

46

朱晓琳和沈盈盈吵了一架——沈盈盈搬来太多东西，堆得客厅没法走路。她告诉蒋书，沈盈盈是个“小贱人”，在公关圈名声烂臭，不停换男人，傍大款。韩小兵的事情，她也听说过，据传男方已婚，沈盈盈倒贴，还找正房吵闹。朱晓琳描述得有声有色，仿佛是亲眼所见。

沈盈盈经常晚归，“哗哗”拖动纸箱，“嚓嚓”整理杂物。朱晓琳又吵一架。“让不让人睡觉，赶紧搬走。”

“我会搬走，”沈盈盈说，“没出息的才一辈子住贫民窟。”

蒋书躲在厕所看韩剧，等吵完了出去。沈盈盈叫住她，从正在整理的纸箱里，掏出一本镶金边的写真集，哗地打开。蒋书像被灼了眼睛似的，往后一躲。

“书，好看吗？”

“你为什么拍裸照？”

“留住青春的尾巴呀。”

“拍了给谁看？”

“给老公看，”沈盈盈顿了顿，“未来的。”

蒋书脊椎抽紧，忍住哈欠，巴望她赶紧放过自己。

沈盈盈盯了蒋书一眼，仿佛在审视她是否心生嫉妒。

蒋书忙道：“照片挺好，身材超棒，姿势性感，拍得也专业……”

沈盈盈继续盯她。

“你真的漂亮，是个男人都想上你。”这是蒋书想到的最高赞美。

47

那天下过一场雪。上海的雪气势汹汹，但很快露了怯。傍晚时分，只剩一地雪浆，掺杂着烟蒂、纸屑、灰尘团，和其他面目模糊的垃圾。

蒋书走到弄堂口，听见远远招呼：“哇，美女，在这儿碰到你。”一个高瘦人影，拎着大包小包，渐走渐近。

“你怎么在这里？”那人继续说，“你住这儿吗？我也住这儿。真的好巧啊。”

“别开玩笑了，我没心情，累。”

“靠，我不累啊？刚从松江回来，”朱晓琳匀了一个拎袋给蒋书，“帮我拿着。”

“什么东西？”

“会议资料。”

蒋书掂了一掂。

夜色之中，远物近景阴浑一片。兵营式老公房被路灯照成蛋青色。空调外挂机七零八落，补丁似的裰在外墙面上。一条棉毛裤不知怎么钩住电线，在半空直僵僵轻晃。

蒋书说："冬天什么时候过完啊？"

"你问老天爷去。我最讨厌上海的冬天了，下雪都跟便秘似的。我们老家的雪呀，那才叫雪。"朱晓琳老家在张广才岭深处，地图上找不到。蒋书看过照片，一座座木格楞房，雪檐足有几尺宽，被积雪压弯在地，像是白蘑菇。

"你想家了。"

"想个屁。我没家，有啥可想的。"朱晓琳踢一只铁皮罐，罐子滚停在花坛边。

她们穿过中心花园，经过两个垃圾桶。楼角灯光下，站着个中年男人，耳朵裹在老人帽里。他在按楼门锁。朱晓琳凑近："你找202室？"

他看看朱晓琳，瞅瞅蒋书。"书书。"他说。

蒋书慢吞吞道："爸。"

朱晓琳笑道："哎哟，蒋书爸爸呀，真巧。叔叔好。"

三人上楼。蒋伟明在门口换鞋，朱晓琳阻止。他已脱下一只，又迟疑着穿上，退回门外，用力蹭几下地。进门东张西望道："房间不大，几人住啊？"

“三个，还有一个不到半夜不回来。”朱晓琳收起晾在客厅的内衣裤。

蒋伟明坐在方桌旁，手中塑料袋放到地上，往桌底踢了踢。

“叔叔第一次来吧。”

“嗯。上次书书让我寄户口簿，说了这个地址。我没事散步，不知怎么散过来……真巧，你们都在。”

“是啊，巧了，刚回来。”

“辛苦……这屋潮气大，味道重。怎么能住二楼，下水道在二楼打弯，要是堵塞了，龌龊水倒喷上来。老公房下水道都不好。”

朱晓琳瞄他一眼：“租金便宜呗，什么条件住什么房，”拿出一罐曲奇，“叔叔尝点吧，丹麦的。”

“不客气，吃过饭了。”

朱晓琳将罐子放到桌上：“蒋书呢？在厨房那么久。”

蒋书缓缓过来，将速溶咖啡摆在父亲面前。

“你们父女聊。”朱晓琳进屋带上门。

父亲捏起小勺，来回搅动。

蒋书说：“冷了不好喝。”

“晚上喝咖啡睡不着。”

“哦，那吃饼干。”

蒋伟明继续搅咖啡。蒋书递给他一块曲奇。他用掌侧归拢桌面屑末，拎出塑料袋：“你阿姨做的红烧羊肉。乡下自家养的羊，你二伯下去过一次，豆豆挑了精壮羊腿。”

两只一次性塑料盒，油脂酱汤凝成固体，嵌着一块块硬肉。蒋书将它放进冰箱。蒋伟明又拎出一只塑料袋，推给她说：“生日快乐。”袋子皱巴巴印着：联华超市。一条黑色耐克运动裤，一张粉红贺卡，卡片洒了金粉，蓝圆珠笔写道：“生日快乐，天天进步，展望未来。”

“谢谢，”蒋书将礼物放到桌角，塑料袋塞进悬柜，“开空调吧，瞧你冻得。”

蒋伟明盯着手中杯子。空调轰鸣起来。蒋书重新坐定，也盯着杯子。

“最近好吗？”蒋伟明问。

“好。你呢？”

“马马虎虎。”

“脂肪肝怎么样？”

“应该好点了吧。我喝酒少了。”

“酒不是好东西。”

“嗯，不敢喝了，血压高得厉害，100，180。”

蒋书对数值没有概念。“胃呢？”她问。

“也好点了。”

“隔阵子得做胃镜。”

“嗯。”

“身体要当心，生了病看不起。”

蒋伟明扭头看看空调：“有点热。”他摘下帽子。

“你的头发……”

“秃了好几年了。”

“我知道，以前没这么白。”

“老了。”

“不老。”

“书书。”

“嗯。”

“你好吗？”

“我好的。”

“那就好。你要过得好。她好吗？”

“她？……哦，妈妈呀，她挺好的，跳跳舞打打牌。阿姨好吗？”

蒋伟明指节青筋跳了一下。他端起杯子，啜了口咖啡，说：“她得尿毒症了。”

蒋书淡淡道：“怎么会的？严重吗？”

“大半年了，没什么症状，突然查出来。死也死不了，活也活不好，还……缺钱。”

“阿姨有医保吧？”

“劳保管啥用，很多不让报。”

“她儿子呢？”

“孙健在房产中介上班，工资才一千多。”

“不可能。这两年做中介赚翻了，孙健多活络的人。再说了，你们房子都给他结婚用了，他就不该多贴点儿？”

“孙健和他妈关系不好，你知道的。”

“关系再不好，也是他的亲妈，不是我的亲妈。”

蒋伟明按住肚皮，像被人踢了一脚。“那是……他们家的房子。”他脑门上的散发，被空调吹立起来。

“爸，结婚都多少年了，还分‘我们’‘他们’呀。”

“话不是这么讲……这年头，也就自家人亲，自家人有血脉连着。”

“你找过大伯没？他现在做律师，专打离婚官司，好像还有点名气。”

“我们很久不走动……他说他女儿最近刚买房，手头没钱。”

“蒋琴买房干吗？她不是傍大款了吗，大款在澳大利亚都有房产。”

“你怎么知道？”

“二伯母说的。对了，你也可以问问他们，二伯母单位改制，每年几十万分红。”

蒋伟明不吱声。

蒋书也不吱声了。

俄顷，蒋伟明说：“他们的事，我们不管。人和人不一样，有人命好，有人……”

“我没管，各人各命，管不过来。”

“医生说每周透析三次，她就透两次，报销掉零碎费用，每月自掏四千多。她退休工资一千八，我一千五，再怎么勒裤带，生活费也得一千多。水电煤都涨，青菜也吃不起……书书，透析跟吸毒似的，一停就是个死。”

“我知道……”

“活着没质量，可谁愿意死呢。尤其这种时候，更想活下去了。”

蒋伟明注视女儿，嘴唇微微颤抖。蒋书觉得整个胃拧起来，扭头盯住曲奇罐。空调叶子发出“啪啪”杂音。

朱晓琳一身棉夹里睡衣裤，缩手缩脚出来。“书，吹风机放哪儿了？”

“没动过，不在抽屉里吗？”蒋书欲待起身。

朱晓琳阻止道：“我自己找。想洗头洗澡了。”

蒋伟明问：“你们是不是要睡了？”

朱晓琳答：“是啊，每天五点就得起，路上堵得一塌糊涂。”

“年轻人不容易。那……我不打扰了吧？”

蒋书站起来。

蒋伟明迟缓地戴上帽子，也站起来。

“爸，不再坐会儿？”

“出来时间长了，你阿姨一个人在家。”

“哦……那么再见，”蒋书推开门，倚到楼梯旁，“爸，再见。”

蒋伟明没有回应，慢慢出去。二楼声感灯灭了，一楼的亮起。大铁门“吱咯——嘭”。蒋书在黑暗中凝听片刻，反身进屋。

朱晓琳拎着蒋伟明送的运动裤，往身上比画：“怎么回事，你生日不是十月份嘛。裤腿这么短，根本不能穿。裆这儿是什么？恶心，是旧裤子吧。”

蒋书抢掉运动裤：“吹风机找到了？”

朱晓琳“嘻嘻”道：“当然在抽屉里。还不谢谢我，没我搅和，他能这么快滚蛋？”

蒋书将运动裤摊在桌上折叠。

“亏他有脸借钱，八成打杨天亮主意。”

“我该不该借呢。”

“我老家有个亲戚尿毒症，没人敢借钱，借出去就是打水漂。后来放弃治疗了，其实早该放弃，连累家人不安生。”

蒋书留神听着，不住点头。

“何况是后妈，后妈都是坏人。她虐待你没？”

“没好到哪里去，也没比亲妈差。”

“那是你亲妈够差劲。”

“我的亲妈很好，非常好。她年轻时候吃了很多苦。”

“好就好了，激动啥呀，瞧你脸都红了，”朱晓琳瞥她一眼，“你那阿姨啊，安乐死算了，这辈子也活够了，婚都结了两次……”

“就是。我们这些大好女青年，一次都没结呢。”

俩人突然沉默。

“你和姓杨的怎么样了，”朱晓琳问，“本来以为你会很快住回去。”

“我不知道。”

“他性格黏糊，不会主动分手的。你也别指望什么，拖到不能拖了，敲他一笔。他家的款婆款姐，肯定愿意放血送你走。”

蒋书咬咬嘴唇，“别这么说”。

“装什么清高，你不爱钱吗？”朱晓琳走进卧室，从衣柜里拎出套装，挂在床尾横档上，又取出丝袜、文胸、暖宝宝、保暖内衣，一样一样叠在床脚。她关掉日光灯，像块陨石似的，“嘭”地砸向枕头。

48

蒋书半夜醒一次，感觉有人东碰西撞。以为是朱晓琳，直到听朱晓琳骂：“这么晚回来，太自私了。”

“对不起，对不起。”学生床吱吱嘎嘎。沈盈盈摸黑爬到上铺，鼻腔里很快滚起细碎的鼾声。蒋书反倒睡不着。月光和路灯光，融成一汪污浊的姜黄色，泻入窗帘边角。窗栅栏拉细着影子，从蒋书脸上割裂过去。

蒋书翻来覆去，想朱晓琳的话。熬到晨寒彻骨，做出一个决定——修复和杨天亮的感情。起床后，打他手机。不接，中午才回电，问有什么事。

“没事，今天我生日，一起吃个饭吧。”

“十几岁小女孩才过生日，你都这么老了。”他答应下班来找她。

蒋书向老板请病假。她看起来确实病歪歪，困乏和过量咖啡，让她面孔都黄了。

蒋书五点到家，洗了个澡。正对镜化妆，沈盈盈回来了：“我碰到你男朋友，在楼下等你，叫杨……什么的？”

“杨天亮。”

“对对，杨天亮，好久没见了。羡慕你们啊，关系这么稳定，真好。”

“好什么呀，你眼光高，送给你也不要。”

“瞎讲。还是你有眼光。什么帅啊，才华啊，生活品位啊……一点没用。我现在才明白，找男人就得杨天亮那样的，家里有钱，为人老实，长得还安全，看起来耐心也好，一个人站在路边玩手机。我和他说了会儿话，他居然记得我，还问我要了电话。”

“他要你电话干吗？”

“我是你闺蜜呗。”

“你这么早回来干吗？”

“晚上有个旅游公司搞活动，请我做嘉宾，我回来换身小礼服。”

蒋书手一抖，左侧眉峰描高了，整张脸即刻右倾，显得五官失衡。

“哎呀，你粉底没抹匀。”沈盈盈凑近蒋书。

蒋书眯起眼睛。镜子里的两张面孔，互相挨挤，看似亲密。较为美丽的一张，透着自我欣赏的得意。她眉毛对称，粉底均匀，长卷发吹得微蓬，发出尼龙丝般的光泽。

在杨天亮内心里，有没有悄悄做过比较呢？

49

杨天亮选了一家台湾菜。吃饭过程中，不时出门接电话，说工作上有麻烦。

蒋书问，什么麻烦。

“说了你也搞不清。”他筷尖在三杯鸡里戳来戳去，最后选中一爿蒜。

“你姐还好吧？”

“我姐？什么意思？”

“不是离婚了吗。”

“哦，就那样。”

“什么时候我去看看她。”

“她暂时不见外人。”

蒋书扒一大口饭，狠狠咀嚼。

许久，杨天亮说：“咦，怎么光吃饭，不吃菜。”给她搛一筷小炒。

蒋书笑了："那么，吃完躺会儿去吗？"那是他们的暗语，意指做爱。

杨天亮答："连续加班，累得半死。"仿佛为了补充说明，他打了个哈欠。

"那……我去你那儿，借电脑用用。我上网本中毒了，得赶一个文件。"

饭后，到杨天亮住处，问要不要喝水。蒋书说不渴。杨天亮顾自躺到沙发里。蒋书走过去，挨着他躺下，将他的手臂绕到自己颈间。在杨天亮身上，有着另一个人类肉体的温暖。她深吸一口气，说："杨天亮，有事想跟你说。"

"胳膊麻了，"他抽出手，转身挪离她，"这样挤着不舒服……什么事？"

她不说话。他也不说话了。她起身到里间，打开电脑，将键盘敲得啪啪响。

杨天亮的硬盘里，存着游戏、音乐、美女照。照片集自网络，有明星的，有网友的。蒋书翻看几张，将整个文件夹一键删除。电邮页面留有杨天亮账号。输入密码，显示错误，再输，再错。她意识到：杨天亮更换邮箱密码了。检查QQ、网银和论坛账号，密码全被换过。又检查网页记录，发现他前天浏览过沈盈盈博客，匿名留言道："美女最近好吗，很久不更新了哦。"

蒋书起身开窗。冷空气“咣”地进来，扇打她的面颊。楼下，一个坐轮椅的老人，推着自己，缓缓行进在路灯光里。蒋书脑袋冻得麻木了，踱回客厅。见杨天亮斜叉着腿，叹气似的打鼾。

蒋书关门下楼。不知多久，发现自己在团团转，找不到小区出口。停下，判断方向，向右拐弯，一眼又见轮椅老头。这个古怪的老头，激起一些模糊的不快记忆。蒋书大步超越他。他双手抓在轮毂上，像两块破抹布。废报纸般的皮肤底下，散发行将就木的气息。

他犹如一个恶兆。

50

蒋书每天斜穿上海，到洋酒公司上班。五点半起床，换乘三辆公交车。公司在一座商住两用楼里。大厅没有窗户，天花板涂料微微龟裂。上到十一楼，左转，再左转。办公室在走廊尽头。

铝合金包边的塑料屏风隔断板，将房间割成十来格。蒋书在门口打完卡，走向属于自己的那格。拎包一扔，手套一甩，重重瘫进椅子。文件纸被红笔画满杠杠。蒋书找到笔套，套回水笔上。感觉像是经历了漫长劳动，一天该结束了，而不是刚开始。她挣扎起身，去厨房洗杯子。乳白色密胺马克杯，留一浅底隔夜咖啡，杯沿污渍斑斑。

蒋书今天到早了。有人更早，是新来的实习生。戴粉红塑料全框眼镜，马尾辫永远扎不服帖，在头顶拱起一块。她时常躲在隔断板后面，眨巴着老鼠眼，有人经过，“嘭”然起立，谄媚地笑道：“姐，要我做什么吗？”

此刻，她靠在水斗旁，口齿不清道：“姐，早啊，我在吃面包。”

蒋书点点头，绕到饮水机前。

“姐，早饭吃了吗？”

“吃了。”

“姐，怎么称呼您？”

“蒋书。”

“蒋书姐，气色真好……我叫张芸，弓长张，草头芸。”

“哦。”免费饮品盒里的速溶咖啡已被取完。蒋书将两袋立顿红茶缒进杯子。她缓缓走回办公桌，费力地解开外套纽扣。她将打电话、列名单、发邮件。一天过去，又一天过去。她将老了，病了，然后死掉。她想起林卿霞的问题：书书，人为什么活着呢？

51

下午来了个女人，嗓门咣咣响：“张芸是不是在这里？她在不在啊？”

问了几遍，有人答：“去复印了。”

女人问靠门的同事：“张芸坐哪儿？”

“喏，里边。”

女人沿途带起一股风。“是这儿吗?”指指桌子。旁人点头。“临时桌子吧，空间这么小。”女人甩开麻布购物袋，一屁股坐下，霎时占满整格办公空间。

蒋书上厕所经过，见她在翻查张芸抽屉。下巴重重叠叠，湮没了脖子。大圆脑袋像是直接架在躯体上。

“阿芸，怎么才回来!”女人蓦然惊天动地。

张芸在门口愣住，左右张望，冲大家歉意地笑笑，走向她的母亲。

女人拽住她，又捏又捋。“上午检查衣橱，知道你穿少了。瞧瞧，流鼻涕了。”伸手去擦，张芸躲开。“要好看是吧?大冬天的，裹严实了才好看。”女人取出长款羽绒服，扒张芸身上的羽绒背心。“我去旅游几天，你就乱穿衣服。啥时候能长大，不让人操心啊。”

她帮女儿更换。拉链卡到肉，张芸“哇”了一声。双手和半张脸，都被衣服裹没了。

女人这才心满意足。“脱掉吧，屋里有空调。出去一定要穿。”折起衣服，压一压，塞回购物袋。

“妈，我在上班呢。”

“小宝贝居然也上班了,”她扭头说，“你们这些大姐姐，照顾一下阿芸啊。”

邻座抿嘴笑。

“妈，别这样！”

“呦，难为情啦。老板太抠门，让你笔记本背进背出，累死人了。赶紧申请个电脑。”

“行啦，轻点声……”

蒋书抓起手机，梦游般地出去，坐到消防过道楼梯上。不知哭了多久，四肢酸痛，头脑困乏，恍若梦中。外面有人走动，哼歌。电梯在其他楼层停顿，遥远而清晰地“叮咚”着。蒋书清清鼻涕，擦掉机壳上的泪水，拨出一个号码。

响了五六声才接。

“妈妈。”似有重物从胸口坠到胃里。张芸母亲的形象消退了，林卿霞浮现出来。

静了几秒，对方“嘿”一声。

蒋书问：“在干吗呢？”

“没干吗。你怎么了？”

“没怎么……你好吗？”

“好极了。待会儿去跳舞，下个月老年俱乐部演出。”

“嗯，好好跳。”

“好。”

“嗯。”

“那么……你听说那个女人的事了？”

“什么？”

“尿毒症。你爸问我借钱，我借了一万。他说你很冷淡……你该去看看她，毕竟一起生活过。年龄大了都不容易。”

“好的，好的，那……”蒋书希望母亲再说点什么。漫长的拖音里，林卿霞沉默了。“……那我挂了。”

“哦，好。”

“妈，我特别想你。”

电话那头以“嘟嘟”忙音回应她。

52

下午三时，Selina让蒋书给客户送东西。张芸同去。“今天是周末，送完以后，你们直接回家吧。”

张芸显得兴奋。一出办公室，说：“蒋书姐，你叫我阿芸好喽。”

蒋书看看她，戴上口罩。进电梯时，互相谦让一下，蒋书先进去。她不想跟实习生多话，假装看框架广告。广告中，一个酷似金喜善的女人，全身画着一根根白线，标志出丰盛的名目：丰胸、除皱、提眉、祛眼袋、开眼角、整鼻头、精改脸型、双宝石融斑、冷光子分层减肥……

张芸说：“广告里的美女，有点像Lily姐。”

电梯“叮咚”到一楼。出了大门，张芸说：“蒋书姐，想向您取经呢。我刚毕业，没有工作经验。您觉得在职场取得成功，关键是什么呢？”

“我帮不了你，”蒋书顿了顿，用更为真诚的语气说，“别学我就成。”

“哪里。姐姐很成功啊，已经转正了……现在工作难找，我好几个同学，实习期一过就被辞退。不停实习，不停找工作。我们‘八五后’很辛苦的，学校扩招，文凭贬值，毕业碰上经济不景气，工作岗位……”

“别这么想，”蒋书打断她道，“人人都辛苦，不只你们年轻人。”

“您也很年轻呢……我听说公司这半年销售不好，是吧？”

“听谁说的啊？”

“听姐姐们说的啊。销售不好，为啥还不停招人？姐姐您也刚来没多久吧？”

蒋书侧过脸去。“这儿衣服不错，”她指着一家路边小店，“有些还挺便宜。”

“是吗，”张芸扭头留意时，她们已走过那家店，“以后姐姐带我逛好吗？”

“哦。”

“姐姐，转正以后，工资会加多少呢？”

蒋书在路口停下。“稍等，我去便利店买点东西。”

“我跟你一起去。”

“不用，你在车站等我。”

“我……好吧。”

蒋书拐进便利店，买一包卫生巾，慢吞吞出来。张芸已等在公交站牌下。裹着妈妈送来的羽绒服，戴一顶绒线帽。硕大的单肩电脑包，拽着她往一侧倾斜。一阵风过，她缩起脖颈，抱住胸口，双脚轮流点地。

蒋书觉得她像只离群的小鸡仔。她犹豫着走向她。或许可以对这个实习生耐心一点，提醒几条办公室法则，比如不要搬弄是非，不要把同事当朋友。蒋书正想着，公交车来了。张芸身形瞬间舒展，挤过人群，蹿上车去。

53

蒋书送好东西，直接回家，进门已是六点。屋里还是清晨离开时景象，桌上半块面包，保留着被咬掉最后一口的形状。事物岿然不变，生命中的一天过去了。

蒋书拿起玻璃杯，喝光隔夜剩水，腹中隐隐绞痛。

手机响，是蒋伟明。“刚才你没接电话。”

“在挤车，没听见。”

“到家了啊。同住的小姑娘呢？”

“朱晓琳吗，周五读雅思。”

“真有上进心。”

“上进什么。她是去泡外教，书读得通宵不回来。”

“不要瞎讲！”

“有事吗？”蒋书歪过脑袋，用肩膀夹住手机。双手挂包，脱外套。

“没什么事……阿姨向你问好。她买了很多年货，下回给你带点萨其马，你最爱吃的。”

“我不爱吃。”

“你最爱吃甜的了。”

“那是小时候，人会变的。我现在讨厌太甜的，腻牙。”

蒋伟明沉默。

蒋书换上摇粒绒睡袍，腰带狠狠一勒。“我没钱借给你们，我跟杨天亮快分手了。”

“怎么回事，吵架了吗？生活总有磕磕绊绊，互相体谅就过去了。”

“他有新女朋友了，不要我了。”

蒋伟明“啊”了一声，“不可能啊，小杨看起来多老实，”又说，“也能理解，现在社会乱，诱惑多，分分合合正常。你一个女孩，跟他这么多年，最宝贵的年纪啊。让他们家补偿你，”他顿了顿，“为了你自己。”

“你觉得补偿多少合适？”

“至少……二十万吧。”

蒋书不说话。

“我是为你好，你想想啊……”

背景声音里，一个女人吼起来："电话没完没了，巴不得我死是吧？能讨新老婆。"

蒋伟明离开话筒，解释道："书书的电话。"

"平时不联系，这会儿想到打电话？是打听我死了没有……"

蒋书掐断手机，连骂"死老太婆"，进厨房找吃的。

冰箱里有两盒红烧羊肉。蒋书想了想，想起是怎么来的。加热了一盒，找不到干净筷子，从水斗里撩起一双，用自来水冲冲。她尝出是唐彩凤手艺。祖籍无锡的唐彩凤，烧菜喜欢放糖。炒的青菜、拌的馄饨馅都是甜的。微甜的红烧羊肉，让蒋书滋味复杂。

二十年前，唐彩凤分配到一套公房。蒋书住到考上大学。孙健嫌太挤，早早搬出去。唐彩凤给蒋书洗衣烧菜，偶尔塞零花钱。蒋伟明让蒋书喊"妈"。唐彩凤说："别别，叫'阿姨'挺好。"

唐彩凤逢人笑。唯一一次哭，是餐馆倒闭时。黄鱼车停在店门口，一个眯缝眼赤膊男人，把杂物往车上堆，桌椅、扫帚、拖把、草席、铅桶……"凤凤餐馆"店招被拆下，和折叠防盗滑门靠在墙边。蒋伟明唐彩凤合力搬抬电风扇。风扇脑袋左碰一下，右歪一下。唐彩凤腿一软，瘫坐在地上，号啕起来。蒋书远远站着，见她眼睛一拧一拧，口腔深处敞出小舌头。一簇禽类绒毛粘在头顶，在风里不易察觉地微颤。

这样的唐彩凤，让蒋书心软。她继而想起唐彩凤算账的样子，滚壮的手指头，挤在计算器按键上；唐彩凤洗衣服的样子，腰间赘肉随搓衣手势颤动；唐彩凤烧菜的样子，铁铲高高撩起，脑门不时贴一下袖套，蹭掉蒸出的热汗。给蒋书烧羊肉时，她也如此吗？她到底怎样了，真的快死了吗？

54

蒋伟明和唐彩凤，将房子送给孙健婚用，自己在近郊租住。蒋书去过一次。小区正中有个大花园，挖一汪人工湖，湖面覆着绿藻。一群老太在湖边做健康操，扭腰甩腿，齐刷刷喊："左拍拍，右拍拍，生活真幸福，身体真健康……"蒋书辨出唐彩凤略带沙哑的声音。她头发染得黑亮，丝巾将脖颈箍得一轮轮。她曾是个神气快乐的小老太。

周六下午，蒋书探望唐彩凤，发现小区比印象中脏旧。花园空寂，光叉叉的苦楝树，在风里互相碰撞。一个穿得滚圆的男孩，拿枯树枝击打湖面。保姆用江苏口音呵斥他。蒋书犹豫一下，转去湖心亭。亭内石凳冰冷，她咧咧嘴，像母鸡孵蛋似的，慢慢捂热一角凳面。

蒋伟明夫妇住对楼二层。透过厨房窗口，望见瓷砖墙上的铲子、铁锅、红白条纹抹布。蒋伟明抱怨过，说有蟑螂，隔音差，墙面多处开裂。此刻他们在干什么呢？

彩铃奏了大半首《东方红》，蒋伟明接起。

蒋书说："打个电话问好，没什么事。"

"昨天没生气吧。阿姨不是故意凶你，病人脾气差，控制不住。你要和她说话吗？"

"不要，不要！"蒋书叫起来，"马上去吃饭了，跟你扯两句就挂。"

"这个点吃饭？我们还没买菜呢。"

蒋书含糊"嗯"一声。

"晚上吃什么呢，羊肉尝过没？"

"还没。"

"抓紧吃，给同屋也吃点，和她搞好关系。"

"爸，我……"

"喂，等等，阿姨过来了，你们说两句……"

蒋书一惊，想按挂断键。手指僵直，反复按不准。

"喂，书书吗？"

蒋书大声道："是我，什么什么？听不清！"将手机甩开，跳得远远的。

那块小小银色金属躺在石凳上。唐彩凤的声音缥缈模糊，仿佛来自遥远的过去。"喂喂，书书，听得清吗？"蒋书摸摸面颊，发现流眼泪了。她重新拿起手机，对方已经挂断。"阿姨，你好好治病，我会给你钱的，一大笔钱。"蒋书自说自话。喉咙被冷空气呛痛了。

二楼窗内似有人影晃动。蒋书往后一躲，走向花园深处。天色瞬间透黑，各家亮起灯火。树影子明一条暗一条，落在她身上。一只皮毛肮脏、目光冷绿的猫，在树影间无声盘桓，倏然卷起尾巴，弃蒋书而去。

蒋书掏出手机，将食指在嘴边哈热。“杨天亮，你是不是有新欢了，咱们好聚好散。跟你姐姐说，赔我十万分手费。”想了想，“十万”改成“二十万”，又改成“十五万”，将短信发送出去。

蒋书像是完成旷日持久的考试，整个人要虚脱了。她拖着步子，在便利店买了酱蛋、火腿肠、方便面。食物隔着马甲袋，擦撞她的小腿。她在街边拦下出租车。司机说：“这会儿有点堵，走高架还是地面？”

“无所谓。”蒋书的确无所谓。她有种不真实的感觉，仿佛已经坐拥十五万，可以任性一下。她想买漂亮衣服，不过得先报个塑身班，那需要好几万。朱晓琳对她体型的持续嘲讽，让她憎恶朱晓琳，更憎恶自己。

蒋书时常自我惩罚似的，在穿衣镜中搜索每处丑陋：眼袋、黑头、法令纹、油油帖伏的头发……还伸手进衣服，狠狠挤捏肚子肉。在漫长的青春期，一个过于美丽的母亲，压制了她追求美丽的欲望。这些欲望报复性膨胀了。

朱晓琳歧视口臭，歧视衬衫下摆束进裤子，但最歧视的还是胖子。每个胖子脸上写着失败。“不能控制体重，怎么能控制人生？”她教训蒋书，“你每天浑浑噩噩，不知道自己要什么，这是你失败的原因。”

朱晓琳有个Excel文档，名为“生活计划”。蒋书偷瞄过一眼，当天计划有：“做二十个仰卧起坐，喝七杯水，读英语文章半小时，给王打电话，和L网上聊天（别超过五句，故作漫不经心），提醒蒋沈交电费，淘宝帽子换货。”“提醒蒋沈交电费”用了粗斜变体字。

沈盈盈没有计划本，却有计划。她是在高档社区的咖啡馆，认识韩小兵的。在那之前，她经常独自去那里，要一杯黑咖啡，临窗而坐，翻弄书本。《少年维特的烦恼》，或者《人类理解研究》。前者草草翻完了，后者永远停在第一页。它们是沈盈盈从小区图书馆偷的。书脊窄薄，塞进手提包后，包盖不会鼓起。在接受蒋书照顾的一个月里，沈盈盈透露了某些关于男人的经验。在她身体康复、重新上班后，这种亲密感消失了。

沈盈盈三十年的人生，就是奔跑、跳跃、逃离。逃离没有地铁的四川小县城，逃离三流大学的末流专业，逃离从前台到前台的职业生涯，她还将逃离这间老式单元房，逃离和蒋书朱晓琳为伍的命运。

车子急转弯，蒋书顺着座椅，滑到另一端。她感觉自己随意来到这个世界，随意活着，然后准备随意离开。在幻想得到十五万巨款，重新思考人生之际，生命的迫切感突袭了她。

蒋书想起很久以前，那个草草放弃的英语学习计划。她决定报名雅思，再学一点日文，考个会计证书。她甚至想起童年的绘画爱好。可以上个素描班，或者摄影班，提升一下气质。十五万，她要利用这笔钱，彻底改造自己。

那么唐彩凤呢？半小时前激涌的同情心，悄悄退却了。蒋书缩回自私自利的小天地，将尿毒症病人一笔勾出计划——决定最多给一万，她不欠后妈什么。

车子颠簸，一路吃红灯。一只死苍蝇粘在车窗角。马路、房屋、树木、街铺、行人，在蒙蒙窗外无声移动，仿佛那是个屏幕里的世界。一个胖女人绷着脸，吐着雾气，超过缓行的出租车。她在追赶进站公交。蒋书感觉自己安全又温暖。脑袋摆正在椅背上，拿出手机，举到面前，看到一个未接电话。

55

出租车停住的一刻，计价器从“37”跳到“38”。蒋书认为司机是故意的——他们本该停在路口，或者停得更快。司机说：“去投诉啊，怕你呀。你们白领吃香喝辣，还他妈计较一块钱？我儿子读大学，老娘瘫在床上。一天十几小时累死累活，真惹毛我了，谁都别想活。”他扭身扑向防盗挡板。

透过那层毛糙的有机玻璃，蒋书看见熬红的眼、熏黄的牙、灰黑凌乱的头发。她手忙脚乱付钱下车，退到路边。出租车绕了个小S，向前猛冲而去。

蒋书有劫后余生之感，仿佛逃离另一个人的生活灾难。她走进便利店，买了一包烟。她从不抽烟，她需要一件类似护身符的东西，赋予她笃定和无所畏惧。她隔着口袋，捏捏香烟壳，穿过马路，一头扎进毒气般的音乐。

摇滚、爵士、电子、嘻哈、流行、雷鬼……每家酒吧都在声嘶力竭。外烟贩子托着方木盒，穿挤过一堆堆发热的面孔。烟熏妆、皮手镯、牛仔裤、紧身T、小礼服裙、彩色头发。一个摇摇晃晃踩节拍的女孩，突然瞪住蒋书，仿佛在女厕里乍见一个男人。蒋书脸红了，扯掉针织围巾，松开羽绒服领口，低头拨手机。朱晓琳许久才接："我在Night Club，二楼。"

Night Club四壁挂满黑白好莱坞明星照。朱晓琳靠窗而坐，已然微醺。她穿银灰色阿玛尼套裙。她曾告诉蒋书，做公关的得有一身好衣服，那是她们的"战袍"。她为此吃了三个月速冻食品。此刻，昏浊的吊灯光，将"战袍"映得颜色脏旧。

蒋书点了拿铁，将酒水单推还朱晓琳。"找我干吗，急巴巴的，还命我必须马上到。"

"没什么事，想你来陪陪我，"朱晓琳垂下头，恍若入睡。她扎了个鬏，皮筋扎得太紧，顶部头皮隐现，给人以发稀年衰之感。她倏然睁眼："妈的，服务员呢？"一下一下按铃。

服务员来了，连说对不起。

朱晓琳辨认她胸口名牌："你叫 Mary 啊，真俗气。叫你们领班来。"

"您想点什么？"

"叫你们领班来。"

领班来了。蒋书摇着头，拍拍朱晓琳，被她一眼瞪回。

"对不起，Mary 是新来的，反应不够快。两位小姐想点什么？"

蒋书说："一杯拿铁。"

朱晓琳又瞪蒋书。

领班推推 Mary，"送她们一瓶百威、一盆烤杏仁"。

饮料小食迅速上来。朱晓琳乜斜着眼，看她们摆好啤酒，打开瓶盖，擦净被冰冻瓶底沾湿的桌面。她像掐蟑螂似的，将烟掐灭在烟缸里。蒋书顺着她的目光，扭头看窗外。对面一溜站街女，两名黑人过去搭讪。

"书书，我跟她们一样，也是一只'鸡'。"

"说什么呀。"

朱晓琳举起酒瓶，胸脯猛烈起伏。她将空瓶砸到桌上，一边狂喘，一边按铃。

Mary 小跑过来。

"来瓶威士忌，最烈的。"朱晓琳说。

"别这样。"蒋书说。

Mary 目光在俩人之间游移。

“听我的，傻逼，”朱晓琳吼道，“她是穷光蛋，我才是付账的。你们伺候我就行。”

蒋书说：“你醉了。”

朱晓琳笑起来：“你不是穷光蛋？我说错了吗？”

“你被那个外教拒了吧，故意拿我撒气。”

“拒了？谁拒了？告诉你，我们早就上床啦。”

蒋书环顾左右。

“我们上床啦！”

Mary 端来威士忌。

“给老娘倒上。”

Mary 替朱晓琳倒上。

朱晓琳一口干完，露出舌头被烫似的表情。“你也来一点。去他妈的咖啡，我们还年轻，我们还活着。活人就应该喝酒！”

蒋书试一口威士忌，食道烧灼欲焚。

朱晓琳嘿嘿笑起来。“告诉你哦，白人的那个也不大。”

“我要走了。”蒋书起身。

“别，别，”朱晓琳过来抱她，“你是我的好姐妹。”

蒋书左躲右闪，避开酒气。朱晓琳塞满海绵垫衬的胸脯，紧紧贴住她。

“蒋书，你是我的好姐妹，别离开我。我错了，对不起。”

“你酒量多差，自己也知道。人家都在看我们呢。”

“让他们看。没见过美女啊，操。”

蒋书将她按回座位。越过桌面、酒瓶、朱晓琳微颤的背脊，望见墙上的玛丽莲·梦露。她的面孔如此美丽，仿佛不会痛苦，也不会死亡。蒋书趾间开始渗汗。她觉得自己也醉了。

朱晓琳支起一个肩膀，然后另一个，最后抬起脑袋。“书，你知道吗，我跟老板睡觉了。”

“有点猜到。老板经常晚上打你电话，你总是神神秘秘临时出去。”

“他那么胖，压得我骨头快断了，还把汗擦在我腿上。”

“别说了，你真喝多了。”

“我整夜整夜睡不着，头发都秃了。看哪，那么大的秃斑。”她手指在头顶摸来摸去。

“别给我看。”

“看看嘛。”朱晓琳咕哝。

“有得必有失，你到底是高级白领。”

“高级？哦，比你高级一点。什么档次的人，交什么档次朋友。我交来交去，只有你这样的 loser 朋友，说明我也是 loser。”

蒋书嘭然站起。朱晓琳绕过桌子，抢她羽绒服。俩人争扯。领班拿着对讲机，站在不远处观察形势。

朱晓琳忽然浑身发软。“Daniel 说我是 bitch，”她像要哭了，“还在我身上呢，就说我是 bitch！”她果真哭了，“一切没意思透了。”

蒋书招呼买单，搀朱晓琳下楼。朱晓琳渐渐无法言语，像一件物品似的，挂在蒋书身上。

直至坐进出租车，蒋书仍没回过神。蒋书恨朱晓琳，把自己拉入她的痛苦。路灯光探入车窗，拽住她俩的影子，从后往前拖移。接着又是一盏，重复这个过程。行驶到两灯之间时，车内人物分出两条影子，变幻角度和深浅。朱晓琳伏在蒋书肩头，一动不动，浑身斑驳。仿佛一张打皱的黑白照片。

56

蒋书棉毛衫透湿，脖颈几被勾断。进门后，将朱晓琳甩在床上，从她钱包数出五百元，算作当晚酒水和打的费。

蒋书灌下半杯冷水，捏着手机，瘫进沙发。酒精一波一波，恍若潮退。杨天亮没有回复，始终关机。蒋书觉得冷，还觉得乱。一万个头绪压在胸口。想找人说话，翻翻手机通讯录，每个名字都显得疏远。

蒋书怀念刚才买烟的便利店。店堂窄小，暖红色灯光，将货架照得明亮。玉米、萝卜、竹轮、茶叶蛋，煮得酽酽，气味四溢。一个短发女孩，撩起制服袖管，擦拭早已足够干净的玻璃窗。

蒋书摸摸口袋，摸出那包烟。叼上一支，睨视屋角，仿佛那儿站着个人。“嘿，你好。”她被自己的哑嗓子吓一跳。放下香烟，拿起手机，拨给林卿霞。

响了三下，居然接了。“喂，谁呀？”林卿霞有来电显示，偏要问上一声。

“你睡了吗？”

“睡了，又醒了。你怎么啦？”蒋书听见她关掉电视。

“没怎么。你在看什么呢？”

“韩剧，《我叫金三顺》。”

“嘿，我看过，我喜欢玄彬。”

“推荐你看韩国版《花样男子》，金贤重帅得要命。我喜欢斯文、忧郁的小伙子。”

“我也喜欢。不过更喜欢酷酷的那种，带点小坏。”

“哈，小杨是不是酷酷的，我还没见过他。”

蒋书噎了噎，说：“我这辈子不结婚，跟你一起住，好不好？”

“当然好啦，妈妈年纪大，需要人照顾……你跟小杨怎么了？”

“我不知道。”蒋书如实说。

林卿霞“哦”了一声，打个哈欠。“改天咱们吃饭细聊。”

“好，”蒋书识相地说，“那我挂了。”

“好，你先挂。”

林卿霞的窸窣呼吸声，仿佛近在身边。蒋书把手机贴紧耳朵，贪婪地听着，直至那边忽然挂断。

蒋书越发心里空得慌。又拨给蒋伟明。不接，再拨，再拨。终于接起。

“书书，你还好吧？”蒋伟明压低嗓门道，“幸亏你阿姨吃了安眠药，没被电话铃吵醒。”

蒋书不语。

“怎么啦，书书。啥事快说，别吓我。”

蒋书想说没什么事，话到嘴巴绕了弯：“我……筹到钱了，给阿姨治病。”

“好啊，多少？”蒋伟明声音清亮起来。

“六千吧。”蒋书犹犹豫豫道。

“也行……那我……”

卧室忽然稀里哗啦。蒋书仓促道：“挂了，明天说。”跑进屋去。

朱晓琳已经醒了，伏在床沿。地上一摊秽物。她抬起头，面色惨白，眼底青紫。“我的‘战袍’呢，没吐脏吧。”

“脏了也活该，”蒋书屏住呼吸，拿来湿拖把，“胡闹够了？瞧瞧你，又脏又丑，老女人一个。”

“骂得好，再骂几句。”

“骂什么？”

“骂我婊子。”

“婊子。”

朱晓琳怔了怔，仿佛感觉意外。

“朱晓琳，你乖乖休息，我饿了。”

“我打算跟老板辞职。”

“那个喜欢压着你的老板吗？我去吃东西了。”

“等等，过来抱我。”

“怎么啦，别吓我，你还是朱晓琳吗？”

朱晓琳伸出双臂。蒋书伏过去，疏松地拥抱一下。朱晓琳身上，有酒精和呕吐物的混合味道。

“书书，我想移民，我要做美国人。”

“好啊，嫁个美国人去。”

“我自己攒钱去。我很刻苦的。”

“你是女强人。大学的时候，你跟男友早上背单词，晚上念自习，周末读托福，像一对机器人。分手了也跟没事人似的。”

“我从小就努力，本来想考北大法律系，高考时痛经。复读一年，考前又发烧。老天爷对我不公平。你看你，命多好，上海户口，高考也没难度，还交了那么有钱的男朋友。”

“我哪里命好了。”

“要是能去美国，洗盘子，扫大街都行。我什么苦都能吃。”

“那是别人的国家。你会想家的。”

“我没家，家人二十年前死光了。”

“骗人，你爸写信来学校。”

“我就当他死了，”朱晓琳掖掖被子，“我妈死了二十多年。老头又娶媳妇，生儿子。男人都那操行，有了女人，就不要女儿了。大二春节回家，我跟老骚货吵翻了，老头揍我一顿，让我永远别回去。”

“那是气话，哪有老头不要女儿的。”

“他就是不要我。以后他死了，我也不会奔丧。我不想做朱国强的女儿！”

“喂，怎么啦，你在哭吗？天哪，你居然也会哭。”

朱晓琳面部肌肉一阵抽动，仿佛有看不见的虫子在爬。“你知道吗，他病危了。”

“哦，你该去看他。”

“我不想回去，我想离开。我从小就想住大房子，四壁亮堂堂的玻璃，能看到外面的大海、阳光、沙滩。书书，你从没想过离开吗，去试试另一种生活？”

“我不知道。”蒋书躺进被窝。双脚仿佛塞在冰里。冷到极致，反而感觉像烫伤了。

“我大学时的男友，现在在美国了，有两个女儿。前阵子在开心网加我。老婆是留学时的同学。他放了照片，还没我好看呢。”

“哦。”

“他英文比我差多了，居然也出去了。他是真正住上了大房子，还拼命抱怨，说在美国多孤独，多辛苦。”

“也许那是真的。”

“一个吃香喝辣的人，跟一个饿鬼抱怨营养过剩。”

蒋书假装睡着。她能理解朱晓琳。这种理解让她害怕，仿佛接受了某种不愿承认的东西。她想起大学时代，整个寝室去游戏厅。朱晓琳玩抓娃娃，抓不到，把所有钱币赌上去。那天晚上，四个女孩在抓娃娃机上花掉所有零钱。朱晓琳说："居然一个都没抓到，这在概率上是不可能的。"

蒋书记得隔着玻璃，看抓斗徒劳腾挪。几次快要成功，又功亏一篑。生活的很多时刻，她都想起那样的无能为力感。

57

蒋书在网上逮到杨天亮，问收到短信没有。

"没有，"杨天亮说，"我前天换号码了，有个神经病客户反复纠缠。"

蒋书回复一个笑脸符号。

"你短信说什么？"

"我妈得尿毒症了……想问你借一万，打到我卡上吧。"

杨天亮没有吱声，片刻显示"离开"，又突然下线。蒋书暗暗懊恼，觉得自取其辱。

下午四时，收到信息提示，一万元到账。想向杨天亮致谢，想起没他新号码。于是拨通蒋伟明的电话。

蒋伟明说："我不放心银行转账，你当面给现金吧。"

他们约在蒋书所住小区门口的麦当劳。蒋伟明早早到了，在门口东张西望。他面色灰暗，老头帽往上蹭，露出半截冻红的耳朵。蒋书走近时，闻到他嘴里消化不良的味道。

蒋伟明点了两杯黑咖啡，两只吉士汉堡。

蒋书问：“你不是晚上不喝咖啡吗？”

蒋伟明答：“这个最便宜。”他做出掏钱的样子。

蒋书说：“我来。”

“不，不，我来。”蒋伟明声音小下去，将手从衣兜抽出来。

寻位过程中，蒋伟明停在免费取物台前，抓了一沓纸巾。蒋书放慢脚步，与他保持距离。他们找了一个僻静位置。

“你们白领最喜欢这种时髦地方，”蒋伟明放好托盘，指肚蹭蹭桌面，“擦得真干净。”

蒋书倒入糖奶，搅拌咖啡。

蒋伟明也拿起糖包，捏了捏，像在估分量。手一抖，大半洒在杯外。蒋书想提醒，糖包可以随便取用，忍住了。她怕他拿很多包，回家去炒菜。

蒋书从包里取出钱，说：“六千。”

蒋伟明接过，捻起一张，捏捏纸质，数点起来。

蒋书低头看食物。再抬头时，蒋伟明因为数混了，又在从头数，手势笨拙。

“你不相信我吗？”蒋书问。

“不是的。”蒋伟明犹豫一下，将钱叠齐，放进包里，把包拥在胸前，“我对钱太紧张了，你阿姨生病以后，就……谁想变成守财奴呢。我们老了，赚不动钱了，后面还有日子要过。”

蒋书眉眼松弛下来。“爸，吃东西吧。”

蒋伟明啜一口咖啡，双手捧住汉堡。他没摘帽子，仍穿外套，人中布满汗点。洋葱丝和酸黄瓜片不断从汉堡夹层掉出，令他手忙脚乱，顾此失彼。他正在衰老，并处于最令人沮丧的阶段：尚未适应身体迟钝，并对死亡深感恐惧。

蒋书希望他更老一些，就像此刻落地窗外，渐渐衰竭的光线中，坐着的那几个老头。他们戴着起球的绒帽，抱着热水袋、暖手壶、玻璃茶杯。寒风吹起，无动于衷；汽车尾气喷过，也无动于衷。他们熬过漫长的劳苦烦愁，终于能像植物那样，静静孵着阳光，等待死亡收割他们。

蒋伟明也注意到了。“太阳都落了，在晒什么呢，”他仿佛生他们的气，“人老了以后，都变得莫名其妙。”

蒋书心有触动。“我记得一个莫名其妙的老头，姓吴。”

“什么老头？”

“在我小时候，他总爱在我们家坐着。”

“什么‘无’啊有的，你记错了。”蒋伟明一把捏住纸杯，高举起来，让几滴剩余咖啡滑进嘴。又缓慢放下，露出微微扭曲的五官。

“怎么会记错，他差点杀了我。为这件事，我怨了你十几年。”

蒋伟明嚅嚅嘴，不说话，将纸杯挤扁在托盘里。他的手腕又松又皱，布满褐斑。

蒋书回忆吴叔叔，他模糊的面孔，渐与蒋伟明的面孔重合。似有什么令人惆怅的东西，从记忆深处敲打她。蒋书握住父亲那双手腕：“对不起，大概是我记错了。”

58

卖场一阵风地唱“Jingle bells，jingle bells……”每个进口和转角，冒出胖墩墩的圣诞老人，用牙签戳起小份食品，朝过往者手里塞。到处是铃铛、雪橇、红帽子、圣诞树。这是年终一连串节日的开端。白胡子和 Merry Christmas 很快会被遗弃，换上烫金红底“吉”字，和“恭喜发财”的咚咚咣咣音乐。年关将至，人们从混沌度日中惊醒，惭愧，虚无，很快又一头扎入热闹。他们吃得面颊油亮，推着满满的购物车，体态迟缓地穿梭在货架之间。

这种时刻，蒋书越发孤独。她邀杨天亮圣诞出游。杨天亮说要加班。他挤出一个周日，和蒋书共进午餐。

到了平安夜，沈盈盈早早打扮好出门。Selina 组织员工 K 歌，因出差临时取消。朱晓琳跟同事闹矛盾，没有参加公司聚餐。她对蒋书说：“咱俩出去玩吧。”

其实无甚好玩。地铁挤满人，街上打不到车，餐馆顺势涨价。到处是叽叽喳喳的年轻人，穿得时髦又单薄。朱晓琳一路多话，说雪地靴奇丑，起球的衣服太廉价，黄种人不适合染浅亚麻色头发："现在的小姑娘，都打扮得这么难看。流行杂志编辑应该拖出去枪毙。"

她俩看了国产枪战片，那是唯一有剩票的电影。摸黑找到座位，已开场十几分钟。隔壁洗手间传来淡淡尿臊味。后排学生情侣不停窸窣亲热。蒋书在男主角驾车逃跑时睡着。爆米花滑落在地，她浑身一抽搐，发现陷在全然黑暗中。腰椎疼痛，满背虚汗。羽绒服像填充物似的，塞满她和靠椅之间的空隙。

屏幕倏然大亮，子弹"嘭嘭啪啪"，四面八方射向蒋书。她完全清醒了。身边的朱晓琳，脑袋在光暗间转动，仿佛一架地球仪。"走吧，"朱晓琳说，"受不了了。"

出了电影院，俩人情绪有点低落。朱晓琳说："我觉得我老了。"

"不老不老，你多年轻啊。"

朱晓琳凝视蒋书，说："你也是。"

59

朱晓琳的人生目标，忽然从移民变为结婚。拉蒋书参加集体相亲。"报名费我垫付了，你就算去陪衬我。"她改小年龄，职业填成"PR 经理"，还花一千块钱，剪了个波波头。阿玛尼套装里，单穿一件淡粉色衬衫。领口敞开处，皮肤起了鸡皮疙瘩，一片红红白白。

“你不是讨厌粉色吗？”蒋书问。

“还不是为了装嫩。”

“挺好的，粉色适合你。”

两个女人欢欢喜喜出门。朱晓琳建议打的，高跟鞋没法走路。她们打了个的。一个穿军大衣的北方口音男人，在门外拦住她们，要求出示报名付费凭证。他的一双下斜眼，扫视朱晓琳胸口。

主办方包下整个咖啡厅。关闭窗户，拉起窗帘。空调久未清洁了，吹出的风里，有股烂蔬菜味道。墙纸印有原木花纹，服务台边嵌着假壁炉，炉门雕几只小天使，身体痴肥，翅膀短小，羽毛纹理凹凸，嵌满灰垢。

锡纸色壁灯光，将人脸照得苍黄。已经到场三十多位，大半是女的。蒋书进门后，一个圆脸姑娘在她面前晃来晃去。为了拉长脸型，姑娘将刘海往后梳，高高固定在头顶，显出夸大其词的隆重。蒋书意识到，圆脸姑娘并非关注自己，而是在变着角度照镜子——蒋书身后墙壁上，嵌着细长条装饰镜。姑娘每次照见，都侧过面孔，故作漫不经心地一笑。

“我想回家了，”蒋书对朱晓琳耳语，“她们全是美女，我来丢什么人呢。”

“哪里有美女。你看这个，朝天鼻丑死了，那边那个，典型鲨鱼嘴，”朱晓琳掐掐蒋书，“她们是美女，你也是。”

蒋书抽出胳膊。“好吧，你也是美女，我们都是。喝点什么？我渴了。”

“我不喝，小肚子会鼓出来。”

蒋书走向墙边桌。那里摆着水果、饼干、矿泉水。苹果切块不一，全都锈黄了。矿泉水是个无名品牌，瓶身塑料纸又薄又脆，割破了蒋书的手指。蒋书捧着盘子，缩进厕所旁边的凹角。

朱晓琳在和一个男青年搭讪。那人面孔白净，戴黑框眼镜，身高一米七左右。朱晓琳佝着背，斜倚着桌子，努力使自己显矮一些。结束交谈，草草握手。朱晓琳转了一圈，终于发现蒋书。

蒋书笑眯眯道：“哇，有方向了。”

“妈的，是个婚介公司的托儿。”

“你怎么知道？”

“反正就知道。咦，你不去勾搭男人？花了一百块钱，跑来吃东西吗？”朱晓琳瞥瞥她手中盘子，拿起一条巧克力华夫。

“你不怕肚子鼓起来？”

“爱鼓不鼓，装给谁看啊。男人太少了，还都这么矮。你瞧那个——”

蒋书顺眼望去。一个四十来岁男人，五官直往下掉，显出中年人特有的垂头丧气。和这样的男人结婚会如何？他有没有脂肪肝和前列腺炎？会不会看着电视在沙发里睡着？朱晓琳皱皱眉头，捏起一块曲奇。“以前看到个段子，说男人像食堂菜，虽然不好吃，去晚了还没了。”

蒋书“哦”一声。

朱晓琳默然片刻，说：“妈的，怎么回事，当时觉得挺好笑呀。”

60

朱晓琳开始上瘾似的找对象。注册世纪佳缘，去人民公园相亲角，还发动同事介绍。她做了 Excel 文档，记下备选男人的姓名、年龄、星座、学历、职业、父母状况、家族病史。在七八次看不上、被看不上、互相看不上之后，有了一个约会对象。是公司“阿姨”介绍的。朱晓琳老板的远房穷亲戚，大家跟着老板叫她“阿姨”。老板出于力所能及的怜悯，聘她来打杂。阿姨前年得了乳腺癌，开刀成功后，在观音面前还愿，开始帮人介绍对象。据说已成功三十多对。她给朱晓琳介绍过两个。其中一个做 IT 的，继续约会了几次，最终嫌她是外地人、家境差。

“妈的，他家境又有多好，郊区有个小破房而已，开着奇瑞 QQ，上的外地牌照。胖得满脸横肉，亲嘴都找不到地方。”

蒋书见过 IT 男，在楼下麦当劳，隔着窗玻璃。她觉得他不胖，只是脸型宽阔。

“想什么呢，”朱晓琳瞥瞥她，“和杨天亮还没分？赶紧分，敲一笔钱，跟我相亲去。”

“我不要相亲。挑来挑去，逛肉铺似的，自尊心受不了。”

“自尊心值几个钱，你等着当孤老太吧。要是我也成了孤老太，就继续跟你住一块儿，打打麻将，跳跳扇子舞，生活也挺有趣的。”

蒋书不觉得有趣。她想起林卿霞，想起她的疾病、衰老，错乱梦境。想起深夜电话中，林卿霞播放韩剧，声音仿佛从水底传来。

一个月前，蒋书探望过她。她仍独居在老房子。有那么两年，一个被子女抛弃的表姐与她同住。林卿霞半夜起床小便，在黑暗中踩到老表姐开始变冷的身体。

林卿霞风闻要造高架，数月前调入蒋书户口，等着多拿拆迁费。迟迟没动静。“房价涨得厉害，即使真拆，也买不起房。”她抱怨天天倒马桶，抱怨洗澡还在用木盆，抱怨蟑螂从邻家钻过来，怎么都灭不净。蒋书被迫听着。屋里有股中药、煤烟、老年人身体的混合味道。

林卿霞接了个电话，说舞蹈队有事，去去马上回来。她穿起鼓囊囊的玫红外套，像一颗火龙果。蒋书听她下楼，脚步谨慎而缓慢。几分钟后，在窗前看见林卿霞，和一个高瘦老太互相依偎，穿过马路。林卿霞说了什么，高瘦老太扭过头，朝蒋书的方向看。蒋书缩入脑袋，关上窗户。

因从亮处移视，屋内显暗，像覆着一层烟膜。桌上叠了二十几本《知音》，页角齐整，封面簇新。每篇故事都被画上重点，做过批注。有条批注写道：“无证小摊贩，人肉包子馅。”另一条写道："戴眼镜的陌生人。问路，喷麻药的自动眼镜，抢钱。"蒋书想象她的母亲，架着老花眼镜，捏着木头铅笔，小学生做作业似的，一篇篇圈点《知音》故事。她像一只即将走停的旧式座钟，渐渐发不出响动，来回应这个世界。她需要悲情和惊悚，在生活里激起一点什么。《知音》是她的救星。

蒋书放好杂志，感到有点难过。该为林卿霞做些事情。她在桌玻璃下压了三百块钱，整理了原本还算干净的房间。她在枕边发现一条男式睡裤，拎起看看，想了一想，又依样叠好，放回原处。

林卿霞来电，说舞蹈队事情急迫，晚上才能回来，问蒋书愿不愿等。蒋书说下午有事，等不了。"那你锁门就行，我带钥匙了。"

蒋书出了弄堂，仍觉心绪逼仄，在附近转一转。这片老街曾是童年乐园，她从未意识到它的破败。灰扑扑的瓦顶楼，私搭出各种雨棚、鸽笼、阁楼。它们使楼房奇形怪状，仿佛随时会散架。环绕楼脚的阴沟堵塞了，污水将垃圾一摊摊冲向路面。路面凹凸不平。

蒋书穿过十字路口，看到一片拆迁遗留的废墟。红底白字标语横幅，残在电线杆之间，"以通情达理为荣，以胡搅蛮缠为耻"。一地麻绳、布片、棉絮、碎砖、水泥残板、小旗子……杂草钻出缝隙，营养不良地枯黄着。有人支起竹竿，在砖瓦堆上晾衣服。一个长发男人跪在一截破折的木窗框前，用硕长的镜头搞着摄影艺术。

蒋书觉得，母亲还有机会。总有一天，某位地产开发商会摊开规划图，圈下林卿霞所住的老楼。她可以拿到拆迁费，在郊区买个小房子。她也许邀请蒋书一起生活。蒋书会答应。郊区更容易找工作，虽然工资不高，交的是镇保，但压力小，开销省。蒋书不介意进工厂做蓝领——她当过营业员，对职业没什么崇高期待。

为了联系客户，蒋书去过奉贤。那儿的人脸膛黑黑，穿衣格调停留在八十年代。偶见几个时髦青年，也是发廊小弟风范，耳洞，紧身衣，七彩头发，柴瘦的腿。在郊区人中间，一向自卑的蒋书，能略有盈余地产生优越感。

61

沈盈盈终于要搬走。“亲爱的书，我会想你的。”“我也会想你的。”蒋书与她松松一抱。到了周一，趁两位室友上班，沈盈盈干脆利落搬走了。

朱晓琳猜她傍了新大款。

蒋书说：“她自己也租得起房。”

朱晓琳说：“沈盈盈是什么人，你第一天认识她吗。”

很快，朱晓琳跳槽了，月薪涨到一万五。

“你真厉害，”蒋书说，“年底还能找到工作。”

“以前小贱人在，损了我的运气，不然早找到了。”

朱晓琳吵到房东家。房东替她们加固厨房隔板，更换饮水机，却不肯安装晾衣架，说金属涨价，焊一个八百。“死老太婆抢钱呢。”朱晓琳自己买了个塑料伸缩的，说搬家时带走。还购置桌布、抱枕、沙发套，请钟点工彻底清扫房间。“费用不让你平摊了。趁我心情好，给你占个便宜。”

朱晓琳喜欢黑灰色系。蒋书觉得太过肃然，她偏爱清淡的小碎花。不过无论如何，屋里添了布艺品，变得温暖，看起来像个家了。

62

春节将近，洋酒公司反而清闲，Selina出差频繁，同事中有各种传闻。蒋书进入等待长假状态，懒散而烦躁。

半夜，小区有人打老婆，女人发出恐怖片似的尖叫。朱晓琳重重翻几个身，开窗骂道：“傻逼男人，只会打老婆，有种打日本人去啊！”声音在楼房之间凛然回荡。窗外霎时安静。朱晓琳等了一等，跳回床上，“操，冻死我了”。

蒋书再也睡不着。天快亮时，有了浅浅困意。再次醒来已是上午九点。她心里一惊，旋即自暴自弃地放松下来。睡眠紊乱的感觉，仿佛死了一回，剩着半截子时间，要从死里重新振作。蒋书花半小时，慢慢坐起；又花十分钟，胳膊伸出被外。寒冷使她产生上麻药似的迷幻感。

蒋书走到公交车站，这种感觉仍在持续。早高峰已过，候车者仍在慢慢汇拢。玩手机，吃早点，用耳机听音乐。似乎有什么东西，将她与他们隔离开来。车辆到站，人群瞬间向前潮涌，抛弃了蒋书。

二十几个男女，将自己塞入本已塞满的公交车。他们的五官和肢体，都极不舒服地扭曲着，仿佛一堆被强行叠起的物品。蒋书觉得惊讶，既而自怜。公交车喷出一尾黑烟，缓缓蠕远了。

到公司已是中午。同事们挪椅子，上厕所，讨论去哪儿吃饭。蒋书进门时，声音忽然一轻。蒋书怀疑是自己多心了。“Selina 在吗？我上午临时有事，跟她请个假。”

Lily 答道：“Selina 跟我们开完会，就出去了。”

“你们都开会了吗？她说什么了？”

Lily 耸耸肩：“亲爱的，你怎么现在才来？”

刚才在路上，蒋书已编好理由：一早陪突然中风的妈妈去医院。她想了一想，说不出口，转而问：“你们中午吃什么？”

“还没定呢。”Lily 表情微微异样，仿佛不希望蒋书提出一起吃饭。

蒋书“哦”了一声，放下拎包，解开围巾、手套、外衣。同事很快走光了。

蒋书出门后吃过油饼，喉咙口一直发腻。翻翻抽屉，翻出一根黑软的香蕉，记不得是哪位同事送的。剥了香蕉，倚到窗前。

这是冬季难得的好天气，风儿不软不硬，万物闪闪发亮。刚才从车站到办公楼，蒋书走出一脑门汗，毛线袜也渍湿了。阳光拖住步子，似要让她站停，享受皮肉上的舒服。蒋书隔窗回味着，充满对工作的厌倦。

屋内“啪嗒”作响。蒋书回头，赫然发现靠里座位上，剩着一个人。

张芸口含饭菜，唇齿不清道：“我妈让我带的菜，糖醋藕片。”

蒋书点点头，果然闻到醋味。

张芸伏回隔板后面。

蒋书问：“上午开会说什么了？”

张芸道：“你问 Lily 姐。”

“你没参加？”

“参加了。”

“Selina 说什么了？”

“不清楚，”张芸顿了顿，放慢语速重复道，“真不清楚。”

蒋书坐回桌前，打开电脑。硬盘一阵喀喇疯转。她浏览娱乐新闻。花花绿绿的人和事，没能像往常那样，激起观赏马戏般的快感。她觉得懊恼，又有些烦躁。心不在焉点来点去，发现一封沈盈盈的邮件。

沈盈盈有时发短信，偶尔打电话，从不在网上联络。她设置了粉色信纸，字体加大加粗。“书，亲爱的，我建了个网上相册，上传了大学时代照片，一直忘记告诉你。你去看看吧，我们有过美好回忆。那时是好闺蜜，现在也是！”

蒋书点开链接，一页一页翻看。

学生时代，沈盈盈爱穿西装短裤，裸出一对粗白大腿；朱晓琳是四眼妹，毕业后才换隐形眼镜；蒋书曾经剪过短发，耳边总有那么一簇，不服帖地翘起。有张室友合影，四个女生聚齐了。另一室友赵怡，现在失去联系，朱晓琳说：“人家是上等人了，怎会跟我们联系。”

前几年班级聚会，赵怡刚生完孩子。皮肤光洁，指甲干净，穿一条 Dior 绿裙。她毕业就结婚，老公是远房表哥，家具生意做得很大。蒋书觉得她是童话公主，“从此过上了幸福生活”。整场聚会中，赵怡拉着蒋书的手，痛诉婆婆刁难，老公花心，孩子难带，保姆使坏。整天闷在家里，没有自己的生活。“唉，我这辈子完蛋了。”她眼圈红起来。

蒋书听到自己颅腔深处，发出“哼哼”冷笑声。她将鼠标从赵怡脸上划过。下一张是戴运动帽的男生，右脚绕在左脚前方，右肘搭住车龙头。他和他的自行车，以极不平衡的方式保持平衡。被帽檐阴影遗漏的嘴唇，露出一个感觉良好的微笑。

蒋书想起来，这人是张超。她越发猜不透意思。沈盈盈的示好，必然事出有因。蒋书回复道：“照片看了，怀念从前。你好吗，找我什么事？”

信件发送完毕，走廊有人声。同事聚餐回来了。蒋书问：

“Selina 啥时候进公司？”

Lily 说：“刚才接到她电话，她让我跟你说……亲爱的，出来一下，我们外面说。”

这种语气是蒋书熟悉的。旁边同事撩起眼皮，又迅速垂下，仿佛没有听见。蒋书跟着 Lily 出去。

63

桌上有盒奶油小方。受过碰撞，纸盒内陷，沾染了白奶油红果浆。蒋书捏起一块。冷腻的滋味让她舌头苏醒，继而整个人活过来。盒底压着一张纸条，字迹潦草欲飞。“离开几天，提前拜年。朱。”蒋书将它掸到地上。此刻，她对别人的事情提不起兴趣。

Selina 突然开会裁员。五名员工运气不佳。其余四人上午就已办好手续离开。蒋书自认工作还算卖力。她猜测有人背后使坏，又怀疑疏忽了什么错误。

蒋书一件一件回想。有一次，她试图报销两张私人打的票，被财务退回；还有一次，跟客户电话吵架，被几个同事听见。甚至想起上周恭维 Selina 发型好看。Selina 说：“烫了很久，都没形状了。”蒋书转而吹捧珍珠戒指，那么大一粒，看起来像是真的。“这就是真的。”Selina 将珍珠在指间不耐烦地拨转，朝她撩了撩手。不知是否因此得罪老板——Selina 常在无关紧要的细节上被得罪。

奶油反涌上来，蒋书恶心欲呕。事实已无可更改：她失业了。

蒋书不止一次失业。每次都像第一次似的，带给她新鲜痛感。工作不仅是饭碗，也是身份。你是谁？我是上海爱真多名酒国际贸易有限公司的Sue。你究竟是谁？我是蒋书。蒋书是谁？蒋伟明和林卿霞的女儿。除去脆弱的人际关系，你又是谁？我是洋酒公司的小蒋……不，不是。我什么都不是了。

蒋书连喝热水，稍稍平复，打开上网本。杨天亮不在线。给他留言："我失业了，借我一万块过年。"又查邮箱，沈盈盈已回信。网速太慢，反复刷新。蒋书眼皮跳了一下，既而跳个不停。"妈的！"她拍打键盘。

信件正文终于显出来。"书，我和他在一起了。他心肠软，一直愧疚，不好意思跟你说。其实你们关系早淡了，很久都不'那个'了。他对你很好，不欠你什么，是你自己脾气差，忽冷忽热，依赖性太强，有时还很幼稚。当然也不怪你，谁都有缺点。你是好人，你们只是不合适。愿你祝福我们，愿你找到自己的幸福。"

蒋书读了一遍，又读一遍。放下鼠标，走进卫生间。膀胱阵阵发紧，却尿不出来。马桶圈在身下"嗒嗒"轻响，她意识到自己在颤抖。起身回客厅，又喝水。一口灼人的温度，穿越食道，直坠而下。蒋书腹中燥热，双手趴住玻璃窗。

窗外经过一个矮瘦男路人，拖着穿土红格子服的哈巴狗。狗儿忽然蹭住一个女路人裤管。男人拽拽颈绳，说了什么。女人笑起来。随即，他们各自眯眼收脖，前倾身体，从窗框两侧走得看不见了。

蒋书突然清醒。杨天亮的最大作用，是使她不担心缺钱、失业、走投无路。他从不拒绝她的索取，以致她认为理所当然。他就像一颗拔掉的智齿，看似可有可无，却用疼痛提醒曾经的存在，让她心生懊悔，又怅然无力。

蒋书回到电脑前，给沈盈盈回信："是不是你找 Selina 挑拨，害我丢掉工作？你什么都有了，却把我逼到绝路。小贱人，等着瞧。"

又给杨天亮离线留言："沈盈盈有过很多男人，打过很多次胎，子宫快被摘掉了。这种爱钱不爱人的烂货你也要！"

做完这些，在屋里兜兜转转。想起沈盈盈有个纸箱忘记搬走，被朱晓琳挪到阳台，又踢回卧室，最后放在客厅沙发背面。纸箱用打包带封好，黑色记号笔写了个"沈"字。蒋书等不及找剪刀，用手撕扯。"哗啦"洒下几枚硬币。有东西扎出一角，沈盈盈的裸体写真集。

64

蒋书有点认不得她。

沈盈盈犹如上蜡的苹果，通体莹莹发亮。下巴、乳房、大腿，也经过PS处理。蒋书翻来翻去，选中一张正面全裸。照片里，鼓风机吹得发丝四散。沈盈盈拧紧眉毛，仿佛被吹疼了。大腿根部的黑色之中，隐约可见更黑的黑。

蒋书用手机翻拍，导入电脑。将照片放大，放大，缩小，缩小。像中人目光随之涣散，涣散，收聚，收聚。“沈盈盈。”蒋书轻呼一声，似在回应那目光。抻抻冻僵的手指，打开制图软件，在照片右上角嵌入一段黑体字：“贱货沈盈盈，专门拆散他人感情，被男人玩弄数次堕胎，强烈鄙视职业小三。”

一阵风起，“咣咣”撞击玻璃，“嗒嗒”晃动木框，像在伺机破窗而入。每根血管都跟着哗响。那是仇恨的声音。蒋书双手颤抖，脚趾僵痛，一股冷火焚灼背脊。她要一招致命，让对手永不翻身。

“沈盈盈，网名‘爱情海的阳光’，成都人，三十一岁，现居上海，供职于欣欣鼎广告有限公司。沈贱货长期被贪官包养，数次堕胎，挥金如土。请每个纳税人关注。她的电话：186××××××××。”

修改完毕，仍觉不满意，又说不上哪儿不满意。调了调字体大小。就这样吧。蒋书备份好图文，微微一笑，旋即吃了一惊，仿佛被自己的笑容吓住。

她重新伏向电脑，在若干热门网站注册ID——“正义女神”。只剩最后一步了。羞愧与愤懑在胸腔内此起彼伏。她需要一点勇气。

蒋书捡一枚硬币，在桌面拨动。硬币疾速旋转，幻成银色球体；慢慢减速，变回拖着重影的硬币；最终耗尽速度，正面朝上而倒。再次拨转，仍是正面朝上。蒋书将它扔回沙发边，决定按自己的心意行动。

65

蒋书使用大红色国产杂牌上网本。工作，购物，看韩剧。时间久了，机身满是擦痕，键盘字迹模糊。每次发生故障，都有购买新电脑的冲动；故障修好，又继续凑合用。这么磕磕碰碰，时好时坏，居然产生感情，仿佛它不仅仅是一件物品。

此刻，上网本风扇轰鸣欲炸。蒋书一步一步，像个输入复仇程序的机器人。上传，发送，等待。当她关闭最后一张网页，伏倒在桌，气力瞬间消散，一团虚空笼罩她。仿佛所有意义业已终结，她可以去死了。

不知多久，大腿的麻木感惊醒她。她站起来，擦掉口水，环顾四周。房间逼仄压人。她拎好包，戴上围巾，关门出去。

夜色透深。路灯光像被冻住。树枝、路牌、电线杆、加油站……明一块暗一块，显得彼此疏离。一辆泥头车“隆隆”开过。死亡般的冷寂被划破，又迅速愈合。

蒋书胡乱晃了会儿，扎进轻轨车站。站内暖气充足，灯火明亮。便利店和服饰店，“嚓嚓”拉下卷帘门。一个中年女人正从树脂模特身上剥衣服，向蒋书招手：“小姑娘，来看看，最新韩版大衣，关门生意，给你便宜点儿。”蒋书绕到入口，刷卡进站。

轻轨上乘客寥寥。对面坐着一个女孩，直直叉开双腿，玩弄镶满水钻的手机。一头褐色长卷发，让人联想起沈盈盈。五官则毫无相似。浓黑假睫毛、翠绿闪光眼影、红得过分的苹果肌……使她的面孔看起来像一场灾难。女孩突然抬眼瞪视蒋书。蒋书心里一跳，挪到长椅尽头，靠住金属扶手杆。

一个穿棉夹克的男人，从前一节车厢过来。“爷叔，可怜可怜。”他将搪瓷碗伸向一个胖男人。后者假装瞌睡，脑袋垂到胸前。乞丐等了等，侧向长卷发女孩，把碗插到她手机上方。“大姐，可怜可怜。”女孩移过一个角度。坐她身边的中年妇女，赶忙盯住地板，仿佛那里有什么值得目不转睛的东西。

乞丐摇摇晃晃，转到蒋书跟前。蒋书像是早有准备，拿出钱包，递给他一张百元钞票。瞌睡的、发呆的、玩手机的，齐刷刷转过眼睛。乞丐接了钞票，举到光下正反照看，迅速塞进口袋，走向后一节车厢。

手机在拎包里疯狂震动。蒋书把包放到长椅上，推离自己。轻轨已驶在高架部分。路边楼房嵌着一格格亮窗，里头人影绰绰。路灯在桥下蜿蜒，像扎破黑暗的两行针脚。

蒋书想起小时候，从韩小兵家偷巧克力，揣着赃物，游荡许久，仿佛做一场无法醒转的噩梦。事隔多年，那种感觉回来了。我是一个好人——蒋书默默念着，却不因此得到安慰。

66

蒋书忽然想去洋酒公司。

下午办手续时，Lily 忘记索还办公室钥匙。蒋书将钥匙啪嗒插入锁孔。恍惚觉得，自己来加班了。她不曾失业，没有上传照片，男友也从未离开。

看见办公桌时，幻觉消失了。电脑椅上多出 Hello Kitty 靠垫，桌面添置了笔筒、便笺纸、文具抽屉、骨瓷水杯、亚克力相框……相框里的张芸，站在欧式喷泉前。几个戴黄色旅游帽的脑袋占据相片背景。张芸没戴眼镜，颧骨晒得黑红，嘴巴笑出不可思议的弧度。

这个小实习生，瞬间变出一桌杂物，简直像是早有预谋。蒋书压倒相框，打开电脑。新主人没有设置密码。蒋书将手指摆在键盘上，耸起肩膀，弯下腰身——鬼鬼祟祟做事时，不自禁摆出鬼鬼祟祟的姿势。

上传照片前，只能搜到十来条“沈盈盈”：一家旅游网站采访；几名粉丝转载博客；其余就是同名同姓，以及不知所谓的信息。此刻输入“沈盈盈”，跳出五千多条目，联想关键词有：裸照、二奶、堕胎、爱情海的阳光……

蒋书进入沈盈盈博客。最新一篇有十七页评论。她一页页翻看，眼睛灼烧起来。仿佛旁观一场大火，正欲幸灾乐祸，突然意识到，火是自己点的。每一种毁坏都与自己有关，因而感到说不清的疼痛。

沈盈盈正在做什么？蒋书不能想象。沈盈盈已被施以黥刑，永久烙上“荡妇”二字。在此后人生中，当她的爱慕者、新朋友、准老板想要了解更多，就会在这个名字下面，搜索到最为污秽的汉语词汇。网络是一份无法自我洗刷的档案，任何人的清白都是脆弱的。蒋书觉得自己是杀人犯。在某种意义上，她把那个清白的沈盈盈杀害了。

蒋书登录“正义女神”ID，手起键落，删光帖子，注销账号。不敢查阅转发、评论、站内信。她视线模糊，看不清屏幕了。起身在公用柜里找遥控器。空调轰出一股霉湿味。蒋书站到办公室中央。

在由隔断板切割而成的一块块空间里，办公桌们保持静默。电脑椅有的斜放，有的正摆，保留着主人离座一刻的动作痕迹。蒋书走向左手第二格。她有了时光恍惚之感，仿佛仍是一周之前，坐在自己的位置上；或者回溯到更远，成为小学生蒋书，单独留校作业，猛然抬头，见到一屋空桌椅。那是她的人生之中，初次体验到被全世界抛弃。

67

蒋书从包里取出手机。它坚持不懈震动着，移向桌沿。即将掉落的瞬间，蒋书抓住它。

那头静了几秒，仿佛意外于电话突然接通。“你给我删了。”沈盈盈声音涩哑。

“删什么呀。”

“忘恩负义的东西，工作是我给你介绍的。自己好吃懒做，丢了饭碗，也来怨我。”

“抢了我的男朋友，还有理了。怪不得朱晓琳骂你‘小贱人’。”

片刻，蒋书意识到，话筒里的吱吱怪声，是沈盈盈在啜泣。她有些害怕，轻轻摁断。

手机快没电了，它被四十多个未接电话耗尽。还有七八条不具名短信，应该是换过号码的杨天亮，在替新恋人求情。蒋书应该愤怒，使不出劲儿愤怒。电话又震，居然是林卿霞。

“蒋书！”她直呼其名。

“怎么了？”

“还问我？我问你呢！这是真的吗？是不是真的？怎么可以这样！你是怎么想的！你神经病了吗！”

蒋书不语。

“舞蹈队的董阿姨，说她女儿在网上看到你名字。打电话问我，是不是你。你把好朋友的光屁股照片登出去了吧。她在网上写文章批斗你，还说要告你呢。下流坯，你真坐牢了，我不会给你送饭。听见了吗？说话啊，怎么不说话……”

林卿霞越说越响，声音穿透耳膜，震得蒋书脑袋疼痛。她想起小时候，母亲将她拎到弄堂里，当着众多邻居，骂一句，打一掌，还逼迫她回应。如果回应，打骂更猛烈；如果沉默，打骂也更猛烈。在一刹那，她想起生命中憎恨母亲的那些时刻。

蒋书掐断电话，脑袋里的疼痛仍在绵延。打开抽屉，看到一大袋米饼。一块接一块，机械而迅速地吃完，燥得上颚痛裂。她擦净饼屑，关闭空调，将办公室钥匙放在桌上。这些收尾动作，带来万事终结的幻灭感。

68

蒋书等车回家，接到杨天亮电话，说要见面。他语气平淡，仿佛只是在问：吃过了吗。

蒋书也努力语气平淡。“见面干吗，想报复我，还是重归于好？”

“你觉得不合适就算了。”

“合适，合适，哪里见？”

他们约在中央广场。

午夜的中央广场，是风的世界。别的季节，风声是“哗哗”的；到了冬天，风声是“呼呼”的，因为没有树叶拦阻。它们扫到路灯，路灯罩“叮叮”；撞向户外广告，广告板“咣咣”；卷起地面垃圾，垃圾就“刺啦刺啦”，搅动蒋书的心。

杨天亮还在路上，让她等十分钟。蒋书躲到一座碗形雕塑内部。金属生锈的酸湿味，让她连打喷嚏。她把手机放在地上，踢了两脚，仿佛它是一切烦恼的根源。又捡起来，擦净灰尘，检查有无踢坏。她想找人说说心事。

朱晓琳的电话，响了一遍又一遍。“接啊！”蒋书大吼。

那边像是得了感应，终于接起。

“干吗不接电话？”

“我在老家。”

“啊，回去相亲吗？”

朱晓琳说了一句什么。杂音嚓嚓，像是话筒在摩擦衣物。

“什么？”

“老家伙又发病危通知，这次可能是真的了……他一直想见我。”

“你不是恨他吗，干吗还回去？”

“我是恨他，但也想他，”朱晓琳语气像在念悼词，“想起小时候，他抱着我滑雪……妈的，也许是我年纪大了，慢慢不记恨了。”

“为啥不记恨？别人伤害你，就该报复到底，永不原谅！你以为你谁呀，假装宽宏大量……”蒋书几乎意识不到在说什么。话儿一句一句，自动蹦出来。她手脚冰凉，肺腑滚烫。冷热夹击之下，快要瘫倒了。

暗中忽然啪嗒轻响，接着一阵窸窣。“谁？”蒋书捏紧手机，仿佛它是一把匕首。角落边那堆垃圾，原来是个躺着的流浪汉。破衣烂衫，层层叠叠，辨不出人形了。

蒋书冲出雕塑，在风里盲目乱转。看看手机，不知何时没电了。怕杨天亮联系不上，就往亮处走。

一扎一扎的云朵，散成一丝一丝。天空看起来遥远。广场镶了一圈路灯。长条花坛里的忍冬、千头柏、金叶女贞，枝干亮得发白。回字纹地砖缝隙，被风刮得过分干净了。一只塑料袋翻滚辗转，猛然扬起。

蒋书既期待，又紧张。想先发制人，谴责杨天亮背叛；又想表现可怜，挽回局面；或者找些借口，自我辩解。各种念头彼此纠缠，互相否定。有那么一瞬，风停了。哈出的白雾似乎静止，既不上升，也不下降。空气里有股凛冽的甜味。有人在喊蒋书名字。杨天亮似乎穿过暗影，小跑而来。

错愕之间，寒风又扬起一掌，扇打她的眉骨。远远跑来的，是一个年轻男孩。接着又是一个。十来个男孩女孩，跑着、走着、骑着自行车，从暗处冒出来。他们杂乱停车，羽绒服随意脱在地上，背包堆到台阶边。走向广场中央，玩起“贴大饼”游戏。一个背带裤少女负责抓人。尖笑着，奔跑着，短发在肩头甩来荡去。她朝蒋书的方向跑来，忽而一折，扑到她的同伴身前。

蒋书隐约想起，自己也曾半夜翻墙，骑车出去玩。那是大一，或者大二。想不清楚，于是什么都不想。她安静下来，站在灯光缺口里，望着那群学生。仿佛隔着很远，望见自己的一只手，或者一条腿。

写于2013年12月31日星期二